九歌兒童文學讀本

徐錦成——主編

故事卷

童話卷

少年小說卷

九歌作家給兒童的獻禮

——《九歌兒童文學讀本》序

徐錦成

從出版選集的角度來看，台灣無疑是百花盛開的文學花園。任何人想親近台灣文學，都很容易找到各式各樣適合自己需求的選集。

現今書市裡的台灣文學選集，有的以時間為編選標準，如每年各文類的「年度選」；有的以空間為編選標準，如各縣市出版的地區文學選集；有的以類型／主題為編選標準，如「棒球小說選」、「同志小說選」、「飲食文選」……等；也有專為教學或便於學生自學所編的選集，如大學教程讀本、青少年台灣文學讀本等。

九歌出版社自一九七八年三月創社以來，對於文學選集的經營有目共睹。最令人稱道的，便是每年一度的「年度散文選」（一九八一年起）、「年度小說選」（一九九九年起，接替爾雅出版）及「年度童話選」（二〇〇三年起）。僅以教學用書來說，九歌亦出版有《小說教室》（張曉風主編，二〇〇〇年初版，二〇〇八年導讀新版）及《散文教室》（陳義芝主編，二〇〇二年初版，二〇〇六年導讀新版），廣受大學及高中的教師選為上課教材。本書可說是在既有的基礎上，再度推出的台灣文學選集。

然而，相較於以往九歌或其他眾多出版社所出的台灣文學選集，本書有其特殊之處。

首先，它是第一本著眼於教學的台灣兒童文學選，適合師生人手一冊，上課使用。雖說台灣文學選本繁多，但兒童文學仍受冷落。市面上固然不乏兒童文學選集，卻未見以兒童文學為教材內容的選本。現今大學裡，兒童文學通常是選修課或通識課，相對不受重視，但這或許與坊間缺乏適合教學的讀本不無關係。本書的編成，可彌補這項缺憾。

其次，它的編選範圍僅限於九歌的作家與作品，且不含已是選集的書（如「中華現代文學大系」或年度選）。四十年來，九歌致力於文學出版，若說大半台灣文壇與九歌有過合作關係，並非夸言。兒童文學亦是九歌經營重點，歷年累積的出版品以數百計，確實有足夠作品量可供精選出一部兒童文學讀本。更何況，本書亦選入多篇（首）原載於一般文學書籍但適合兒童閱讀的作品。

更進一步說，這本書既是對九歌兒童文學作家的致敬，也是九歌送給自己四十週年的生日禮物。入選的作家都至少曾在九歌出過一本書，參與、見證過九歌的成長。替旗下作家編一本兒童文學選集做為社慶，這很可能是出版史上首見的創舉。若非九歌四十年來兢兢業業播種耕耘，哪有今日的豐富收成？

◎

本書分為五卷，共三十五篇，分別為：童詩卷（五首）、散文卷（六篇）、故事卷（十篇）、童話卷（九篇）及少年小說卷（五篇）。作者共三十三位，其中余光中入選兩首童詩，琦君入選兩篇散文。

兒童文學並非一種文類，而是多種文類的共稱，本書收錄五種最具代表性的兒童文學文類，足可供讀者一窺台灣兒童文學的堂奧。

每卷皆依該卷作者的出生年編排作品順序。其中「故事卷」較特殊，因為故事又可分為許多類型，本書收錄六類：神話故事、歷史故事、科學故事、民間故事、寓言故事及生活故事。神話與寓言雖可視為獨立的文類，但本書將它們納入廣義的故事。

每篇皆附作者介紹及作品賞析，並交代該文出處，方便讀者按圖索驥，進一步認識該作家的其他作品。既便於教師教學，亦有助學生自學。

兒童文學是所有文學的根本，適合各年齡層閱讀，可以讀一輩子。「大人」一旦不閱讀兒童文學，也就失去了童心。但願本書的出版，除了能為九歌四十週年留下紀念，亦能讓台灣文學界注意到兒童文學的豐沛能量，更進一步鼓勵大學相關科系開設兒童文學課。

童詩卷

前言

童詩是指適合兒童閱讀的新詩。

若採廣義的「詩歌」，則兒歌也可納入童詩的範圍。然而「詩、歌分家」是現今兒童文學界的共識。兒歌是兒歌，童詩是童詩。兒歌須具備節奏與押韻，內容卻可天馬行空、毫無邏輯。童詩則罕見追求節奏與押韻之作，而追求意境與童趣。

早期對於童詩作者的分別，也是童詩的議題之一。童詩包括兒童創作的作品（毫無疑問是童詩）及成人為兒童所寫的作品（需檢驗是否適合兒童）。

台灣在一九七〇—一九八〇年代曾有一陣兒童詩風潮，當時的國小教師樂於教導學童寫詩，甚至創辦兒童詩刊、出版詩集（合集），也的確產出不少學童創作的好童詩。但文無定法，一旦以固定方法「教」出一群小詩人，童詩的道路就日趨狹窄了。畢竟學童對於詩意的認知有限，天真的童言童語固然可能成為童詩，但童詩不應只是童言童語而已。一窩蜂「學習寫童詩」的結果，傷害的正是童詩本身。

成人詩人為兒童寫詩，比例上仍屬少數，有些詩人一輩子未寫一首適合兒童閱讀的詩。儘管如此，仍有致力為兒童寫詩的詩人，譬如楊喚（一九三〇—一九五四），便是台灣最知名的兒童詩先驅。

本卷共收五首童詩，分別是：紀弦〈小草的話〉、余光中〈台東〉、余光中〈冰姑，雪姨——懷念水家的兩位美人〉、尹玲〈我對你唱的這些歌〉及林德俊〈擦子〉。其中余光中有兩首。這五首詩均非選自「兒童詩集」，而是一般的詩集，但它們都寫出意境與童趣，值得推薦給兒童閱讀。

小草的話

紀弦

你是一棵千年大樹；
而我只是幾個月的小草。
你多偉大；
而我的存在等於不存在。

但我確實聽見了，
有一位詩人說：
不都是上帝造的嗎？
從一粒原子到全宇宙；
就連他的那些情詩和讚美詩
也在其內。

所以我就抬起頭來，
不再有所自卑感了。

——選自《第十詩集》一九九六年八月出版，頁二十九——三十

賞析

這首詩寫於一九九三年，當時紀弦已高齡八十，但他仍有一顆童心。這首詩結構簡單，三段內容也層次分明。以小草做為第一人稱（我），而對話的對象是大樹（你）。小草與大樹是極端的對比，但詩人提醒讀者，不論是小到原子，或大到全宇宙，在上帝眼裡都是平等的。因此，小草不必自卑。

有趣的是第二段引出「有一位詩人說」，這位詩人是誰？並非重點。但如果詩人所寫的詩，也是上帝所造，那麼，紀弦就不是這首詩的作者了。或許世上所有美好的詩作，都是上帝賜予詩人靈感才寫出的。一切榮耀，歸與上帝。這是詩人的自謙與領悟。

作者簡介

紀弦（一九一三——二〇一三）

本名路逾。十六歲開始寫詩，早年以筆名路易士發表作品，蘇州美專畢業，從事教育工作。抗戰勝利後來台，執教於成功中學。

曾獨資創辦《現代詩季刊》，發動「新詩的再革命」，並組織「現代派」，提倡「新現代主義」，給詩壇以極其廣大而深遠之影響。

曾獲菲國馬可仕總統大綬金牌獎、第一屆中國現代詩特別獎等。著有自選集十一冊，詩集《路易詩集》、《摘星的少年》、《檳榔樹》、《第十詩集》、《年方九十》等，散文集《小園小品》、《終南山》、《園丁之歌》，論著《新詩論集》、《紀弦論現代詩》等多種。

台東

余光中

城比台北是矮一點
天比台北卻高得多
燈比台北是淡一點
星比台北卻亮得多
街比台北是短一點
風比台北卻長得多
飛機過境是少一點
老鷹盤空卻多得多

人比西岸是稀一點
山比西岸卻密得多

港比西岸是小一點
海比西岸卻大得多

報紙送到是晚一點
太陽起來卻早得多

無論地球怎麼轉
台東永遠在前面

——選自《藕神》二〇〇八年十月出版，頁一八二——一八三

賞析

這首詩簡簡單單的八段，每段兩行，共十六行，形式單純、質樸，卻恰巧呼應了它所歌詠的對象——台東。台東本就是個簡單、樸實的地方。

這首詩的內容也一樣毫不複雜，它前七段都是比較的方式，把台東拿來跟台北比，把台灣東岸拿來跟西岸比，語法都是先貶後褒。透過比較，呈現出台東的特色。末段用到自然科學的常識，太陽從東邊升起，台東因此最先看到日出。但作者把這個常識寫成「台東永遠在前面」，有言外之意，境界一下子就提高了。

余光中畢生從事創作，質量俱豐。這首詩寫於二〇〇七年，詩翁年高七十九，詩藝已臻化境，簡單的語言與形式，卻有飽滿的詩意，堪稱反璞歸真之作。

作者簡介

余光中（一九二八——二〇一七）

一生從事詩、散文、評論、翻譯，自稱為寫作的四度空間，詩風與文風的多變、多產、多樣，盱衡同輩晚輩，幾乎少有匹敵者。從舊世紀到新世紀，對現代文學影響既深且遠，遍及兩岸三地的華人世界。曾在美國教書四年，並在台、港各大學擔任外文系或中文系教授暨文學院院長，曾獲香港中文大學及台灣政治大學之榮譽博士。先後榮獲「南京十大文化名人之首」、國立中山大學榮譽文學博士、全球華文文學星雲獎之貢獻獎、第三十四屆行政院文化獎等。

著有詩集《白玉苦瓜》、《藕神》、《太陽點名》等；散文集《逍遙遊》、《聽聽那冷雨》、《青銅一夢》、《粉絲與知音》等；評論集《藍墨水的下游》、《舉杯向天笑》等；翻譯《理想丈夫》、《溫夫人的扇子》、《不要緊的女人》、《不可兒戲》、《老人和大海》、《梵谷傳》、《濟慈名著譯述》、《英美現代詩選》等，主編《中華現代文學大系》（一）、（二）、《秋之頌》等，合計七十種以上。

冰姑，雪姨

——懷念水宗的兩位美人

余光中

冰姑你不要再哭了
再哭，海就要滿了
北極熊就沒有家了
許多港就要淹了
許多島就要沉了
不要哭了，冰姑

以前怪你太冷酷了
可遠望，不可以親暱
都說你是冰美人哪

患了自戀的潔癖
矜持得從不心軟
不料你一哭就化了

雪姨你不要再逃了
再逃，就怕真失蹤了
一年年音信都稀了
就見面也會認生了
變瘦了，又匆匆走了
不要再逃了，雪姨

以前該數你最美了
降落時那麼從容
比雨阿姨輕盈多了
潔白的芭蕾舞鞋啊
紛紛旋轉在虛空

像一首童歌，像夢

不要再哭了，冰姑
鎖好你純潔的冰庫
關緊你透明的冰樓
守住兩極的冰宮吧
把新鮮的世界保住
不要再哭了，冰姑

不要再躲了，雪姨
小雪之後是大雪
漫天而降吧，雪姨
曆書等你來兌現
來吧，親我仰起的臉
不要再躲了，雪姨

——選自《藕神》二〇〇八年十月初版，頁一九五—一九八

賞析

就內容而言，這是一首「環保詩」，寫的是地球暖化、氣候變遷。南北兩極的冰山融化，而冬季的雪也變得罕見。雖然主題頗為嚴肅，但余光中運用擬人法，以兒童的視角寫出這首詩。

六段各有六行，一、二、五段寫「冰姑」，三、四、六段寫「雪姨」，形式上整齊有度，不難想像詩人在寫這首詩時，是多麼自我節制。現代詩本是自由體，但詩人卻在自由中創造出格律。這樣的格律，並非中文詩固有。余光中是融貫中西的詩人，看他把「曆書」、「小雪」、「大雪」入詩，就知道這扎扎實實是首具有中文底蘊的詩。

作者簡介

余光中（一九二八——二〇一七）

詳見本書頁十七。

我對你唱的這些歌

尹玲

我對你唱的這些歌
小小兒歌或有時大人的歌
都是她曾對我唱過
那聲音
流過四十年歲月
仍是歌一樣的美麗和清楚
我親吻你就像她親吻我
那溫　那熱　那柔　那軟
彷彿還在我頰上
我的脣貼著你的臉
淚在眼眶

想起她雙眸的明亮

我牽你手一如她那年牽我
手溫仍在我手　　心
我們走著
小徑彎曲或平坦大道
如果跌倒　我也像
她會說
不怕不怕
跌倒了再站起來
我們不哭　要一直走下去
走很久而且走很遠
要看許多不同的明天

我像她看我那樣看你
報到人世的第一聲

紅皺小臉半睜小眼
她體內的血心中的愛
急急又緩緩
先輸給我再傳給你
急急又緩緩
將她的一切我的一切
全交給你　要你一天長一吋
平平安安　會笑　會叫
會說媽媽我愛你

——選自《一隻白鴿飛過》一九九七年五月初版，頁一八七——一九〇

賞析

這首詩寫得極為淺白，朗讀起來像散文。但它具有詩意，並非把散文寫成分行。全詩以一個懸疑貫串，就是「你」和「她」的身分不明，直到末尾才以一句「會說媽媽我愛你」揭曉。原來，這是一首跨越三代的「搖嬰仔歌」。

這首詩有兩處讀來彆扭，卻是巧思之處。一是第二段第二行，寫成「手溫仍在我手　心」，

「手」跟「心」之間空了兩格，因為有距離，無法一氣呵成念出，必須有所停頓。因此，「心」這個字就顯得特出了。該句可解讀成「手溫仍在我手、亦在我心」。

同樣在第二段，第五、六兩行讀來也不順暢。第五行是「如果跌倒　我也像」，若單行看，實在不是好句子，但如果考慮到它寫得正是「跌倒」，則這兩行的拗口，就合情合理了。

除了形式上的巧思，本詩寫出母愛的溫暖，這才是它最動人之處。

作者簡介

尹玲（一九四五——）

本名何金蘭，生於越南美拖。自幼愛好文藝，十六歲開始正式於報刊發表作品。國立台灣大學文學博士、法國巴黎第七大學文學博士，曾任教淡江大學中國文學系、法文研究所及輔仁大學法文研究所。

尹玲寫作文類包括詩、評論等，其所著《文學社會學》頗受學界重視。因自幼年起同時接受中國、法國和越南文化的影響，經歷越戰，對於多元文化交集的土地有著獨特的開放性，且熱愛在不同國家獨自旅行，作品表現各處風土民情所引發的多樣情懷。著有詩集《一隻白鴿飛過》、《當夜綻放如花》，以《當夜綻放如花》獲得中興文藝獎章，專著《文學社會學》、《蘇東坡與秦少游》等多種，並譯有《薩伊在地鐵上》等法國小說及詩。

擦子

林德俊

一塊軟橡皮
任憑揉、捏、壓、扭
都不說話

只是執意搓摩
修整一幅花花綠綠的世界

趕在自己消失之前

——選自《成人童詩》二〇〇四年六月初版，頁一二六

賞析

擦子是學童熟悉的文具，平常毫不起眼，幾乎不會被拿來當寫詩的題材。歌詠一塊擦子，這件事本身就是創意。

全詩僅六行，卻分為三段，分別是三行、兩行、一行。一段比一段短，呼應了擦子的「一生」，越擦越短小，直到消失為止。

從內容看，三段也是層層推進、毫無冷場。首段平鋪直敘；次段轉折，帶出擦子有「修整一幅花花綠綠的世界」的使命，這是件了不起的事；第三段則是令人震撼的結尾，原來擦子是用生命去完成這件莊嚴的使命。

這首詩雖短，卻很精巧，也有餘韻。

作者簡介

林德俊（一九七七——）

筆名兔牙小熊，人稱小熊老師，政治大學社會學碩士。曾任職《聯合報》副刊組，主編繽紛版。二〇一四年回鄉與妻子韋瑋（陳靜瑋）在霧峰開設「熊與貓咖啡書房」，任創意總監，兼任台灣藝術大學散文及新詩課程講師，靜宜大學寫作工坊、故事行銷及報導文學課程指導老師。目前於家鄉台中霧峰推展在地文藝復興和友善土地社區行動。長年為《國語日報》、《聯合報》、《幼獅少年》、《幼獅文藝》、《明道文藝》等報刊撰寫論評、教育專欄。曾獲五四文藝獎、林榮三文學獎、帝門藝評獎等。著有《成人童詩》、《樂善好詩》、《遊戲把詩搞大了》、《玩詩練功房》、《愛上寫作的11種方法》等書。

散文卷

前言

在文學類型裡，散文是基礎的文類。先有散文，才發展出其他文類。然而，散文可深可廣，不能因為是基礎，就小看了它。

小學裡有一個科目叫「作文」。所謂「作文」，說白話就是「寫作散文」。兒童從小就學作文，包括讀和寫。教師往往為了便於教學，把文章拆解，並教導一套寫作公式。但學會一套公式後，固然可寫出一篇像模像樣的文章，卻不是具有文學意義的散文。

簡單來說，文學創作必須心中先有感觸，才發為文字，不是依照題目來鋪陳文字的遊戲。學習散文最好的方式，是多讀名家作品，而非學一套寫作公式。

散文家撰寫兒童散文，除了內容較貼近兒童外，也常見「叮嚀」、「傳承」的特色。作家畢竟比兒童讀者年長，有更多的人生經驗。因此，兒童讀者閱讀散文獲取的知識與智慧，是閱讀其他文類所無法比擬的。吸收了這些知識與智慧，日後發而為文，便言之有物。若要問寫作文該如何學習，這就是了！

本卷共收六篇散文，分別是：琦君〈耶誕老公公〉、琦君〈頭髮與麥芽糖〉、林良〈最大和最小〉、馬景賢〈小河彎彎〉、顏崑陽〈收藏在記憶中的鞋子〉及桂文亞〈夜渡旗津〉。其中琦君有兩篇。

耶誕老公公

琦君

親愛的小朋友：

還有半個多月就是耶誕節了。在國內，耶誕氣氛當然不及美國濃厚。但無論如何，到了耶誕，就接近新年。況且十二月二十五日正是我國行憲紀念日，放假一天。一連串的假期，小朋友可得好好樂一樂了吧！

這裡自從感恩節過後，各商店櫥窗已開始布置耶誕景象。各種琳瑯滿目的禮物陳列出來，引誘你打開荷包。我呢？作客異國，總有此身如寄的感覺，竟是一點逛街買物的興致也沒有，倒是想起小朋友們，路遠迢迢的，我沒有禮物送你們。就藉著這枝筆，寫點有趣的故事給你們看，作為我的耶誕禮物吧！這就叫做「秀才人情紙半張」哪。

提到耶誕，第一個想起的就是我的外公，因為他飄飄然的白鬍鬚，長長的白眉毛，襯著那張笑口常開的臉，十足的就是位耶誕老公公呢。

記得在念初中時，國文老師要我們寫篇〈快樂的耶誕節〉，我就寫了篇〈耶誕老人——我的外公〉。當時真是唏哩嘩啦的，一下子就寫好了。那篇「大文章」得了第一名。老師誇了又誇，念給全班同學聽，想想我有多得意啊！其實並不是我「文章」寫得好，只因外公太可愛，一想起他，靈感自然就來啦！

現在我再把外公的故事寫出來給小朋友看。當然，我現在的作文，一定比初中時候進步了。希望小朋友們看過以後，給我批個甲上再加個星星，讓我再得意一次，那就是你們給我的耶誕禮物囉！

我家鄉是個舊式農村，沒有過耶誕節的習俗，但村子裡有一所耶穌堂，一所天主堂，到了冬天下大雪時，牧師和修女，都會來捐錢和衣物給貧苦兒童，外公說：「我信佛，你們信天主、耶穌，都要做好事、布施的。真好，真好。」他和媽媽都儘量的給錢和米糧。老長工阿榮伯稱牧師是「豬肚徒」（基督徒，他說走了音），媽媽喊修女白姑娘，因她們皮膚雪白，人又和氣，穿著長長的道袍飄呀飄的真像天使。

那時地方上有個謠傳，說我家的財神爺好靈，守著大門，小偷進不來。我問媽媽，財神爺像什麼樣子，媽媽說，一定是像教堂裡打扮的耶誕老公公吧。外公只是摸著鬍子笑。阿榮伯告訴我，村子裡有個小偷親眼看見我家財神爺了。原來他夜裡來偷穀子，一擔穀子已經挑到門口了，卻看見一個白眉毛白鬍鬚的老人，站在前面，指著他說：「你把擔子放下，我是財神爺，不許你偷東西。」他馬上覺得穀子變得好重，再也挑不動了，嚇得丟下扁擔就跑。財神爺說：「站住，你沒錢，我給你兩塊銀洋錢，買點吃的過年，以後好好去學手藝，不要再當小偷。」他捧著銀洋，跪下拜了三拜才走了，以後他真的好好學手藝，沒有再當小偷了。我問外公真有財神爺呀？外公笑嘻嘻的說：「家家都有財神爺，是不是保佑你，就看這家做事待人怎麼樣。」

我有點半信半疑，卻總是喜歡靠著外公，坐在後門口，聽他講好有趣的神仙故事。我家每逢雙日是施捨乞丐米糧的。後門口擺個大米斗，一個木酒杯，每個乞丐揹個小布袋，伸過來，每人一杯米。這件工作我最最有興趣。阿榮伯兜米時，常把大拇指伸到杯子裡，米就只幾粒蓋在指頭上面，外公說：「不要這樣，太小器了，我要兜得滿滿的。」他若是推牌九贏了錢，就把一塊銀洋換成三百個銅板，小乞丐每人一大枚，他們就越來越多，有的討過了又來，我大喊：「他已經來過了。」外公只當沒聽見，照給一大枚，三百個銅板一下子就光了。我說：「老師說的，做人要誠實，有的人在騙您，您為什麼還給？」外公說：「他騙你，你知道就好了。不要說穿，他心裡也會明白過來的。回去想想，下回就不好意思再來了。」我有點捨不得白花花的銀洋錢。外公說：「一個銅板，在你吃得飽、穿得暖的人不稀奇，在他們看來比斗笠還大。他們長大以後，日子好過了，會想起小時候別人對他的幫助，一定也會一樣幫助別人的。你懂嗎？」我說：「懂是懂，不過您這樣做，老師一定不贊成。他說乞討是懶惰的依賴行為。」外公說：「你老師是新腦筋的讀書人，我是舊腦筋的種田人。」說著就呵呵的笑了。他又輕聲問我：「小春，你知道那個小偷碰到的白鬍鬚財神爺是誰嗎？」我睜大眼睛搖搖頭說：「財神爺就是財神爺嘛。」他又呵呵大笑說：「那個財神爺就是我，你的外公爺呀！」我拍手大叫：「外公，您好好玩，好聰明啊！」我把事情告訴媽媽，媽媽笑嘻嘻地說：「我早就知道了。那個財神爺一定就是你外公爺，我說他不只是財神爺，還是教堂裡的耶誕老公公呢。財神爺只把錢財守住，你外公卻把錢財散給別人呢。」

因此我就稱外公是耶誕老公公。

我漸漸長大了，外公過世了。他慈愛的笑容，飄飄然的白鬍鬚，一直浮現在我心頭。每年耶誕節，看到櫥窗裡的耶誕老公公，我就會在心中默念：「外公，我好想念您啊！您在天堂裡，過年過節時，一定也忙著一大枚一大枚的，給小孩們錢吧。」

小朋友，我真的好想念外公。年紀雖然一大把了，一想起外公來，就會變成小孩似的，想著他老人家教導我的話，我要好好的照著做，小朋友們有外公有爺爺的，千萬要多陪陪老人家玩玩，聽他講古老的故事多有趣啊。耶誕節到了，買點小禮物給爺爺給外公，別忘了喲！　祝

健康快樂

——選自《鞋子告狀：琦君寄小讀者》一九九六年八月十日重排初版，頁一一二—一一八；二〇一四年八月十日增訂新版，頁一〇七—一一三

琦君阿姨

賞析

琦君的散文清新有味，深受兒童喜愛，她在世時，就經常收到小讀者來信，久而久之，她想到不妨給這些小讀者寫公開信，跟他們談心，於是有了《琦君寄小讀者》這樣的作品。

琦君寫給小讀者的信，天南地北無所不聊，兼具長者的慈愛及朋友的親切。乍看本篇題目，讀者或許會以為寫的是聖誕老人（耶誕老公公），但讀了就知道這是懷念外公的文章。題目本身具備了趣味性，而再讀下去，漸漸就認同琦君把外公當做聖誕老人的理由了。

這篇散文還有另一個趣味，是琦君自己承認她小時候就寫過這個題目。而老年的琦君重寫一次外公的故事，仍然饒富童趣，可見她永保一顆赤子之心。

作者簡介

琦君（一九一七——二〇〇六）

浙江永嘉人，杭州之江大學中文系畢業，曾任中央大學、文化大學等校中文系教授。她五歲開始習字，精熟中國古典詩詞，公認是從傳統過渡到現代的成功典型。她的為人溫柔善良又保有赤子之心，文如其人，溫潤敦厚、悲天憫人。曾榮獲文協文藝獎章、中山文藝獎，《鞋子告狀》榮獲新聞局優良圖書金鼎獎，《此處有仙桃》榮獲國家文藝獎。

著有《水是故鄉甜》、《橘子紅了》、《三更有夢書當枕》、《青燈有味似兒時》、《淚珠與珍珠》、《萬水千山師友情》等散文及小說、兒童文學等書四十多種，作品經常入選中學課本，多次為《讀者文摘》中文版轉載。並被譯為美、韓、日文，極受海內外讀者喜愛。

頭髮與麥芽糖

琦君

每回梳頭髮梳得不順心，梳到右邊偏偏翹向左邊時，就只想拿把大剪子，咔嚓一下，把一綹不聽話的頭髮剪下，也馬上想起滿口甜甜軟軟的麥芽糖來。

麥芽糖跟頭髮有什麼關係呢？是我貪吃麥芽糖，把它黏在頭髮上了嗎？不是的，是因為小時候，我常常剪下頭髮換麥芽糖吃的。

每回聽到賣糖的咚咚咚的搖著波浪鼓來了，我就急急忙忙跑到後房，在母親堆破爛的箴簍裡掏，掏出破布、蠟燭頭、舊牙刷、玻璃藥瓶等等，塞在口袋裡，再急急忙忙跑到後門口，統統捧給賣糖的老伯伯。他一樣樣當寶貝似的放下，然後用小鐵錘在刀背上一敲，割下一片麥芽糖遞給我，糖薄得跟紙似的，一放進嘴裡，就貼在上顎的「天花板」上，讓它慢慢融化。眼睛總是盯著那一大塊圓圓的糖餅，捨不得走開。看他竹籮裡塞滿了亂七八糟的東西，都是用糖換來的。有一天，我問他：「伯伯，你要這些東西做什麼？」

「換錢呀！都是有用的東西啊！破布可以做拖把，搓繩子，蠟燭頭可以融開來再做蠟燭，玻璃瓶賣回工廠去。」他摸摸我的頭說：「頭髮和豬毛我也要，豬毛做刷子，頭髮結髮網。」

這一下我有主意了。每回母親梳頭時，我都耐心的在邊上等，等她梳完頭，我就幫她把梳子上的頭髮一絲絲理下來，用紙包好，等著換糖吃。母親看我變得這般勤快起來，還直高興，豈知我是另有用心呢！

可是母親的頭髮並沒掉多少，要累積好多次才能換來一小片糖。我老是問：「媽媽，你怎麼不掉頭髮嘛？」母親奇怪的說：「你這個丫頭，難道你要媽媽快點老呀？」我連忙說：「不是的啦，是因為……」還是不說的好，怕母親覺得不吉利，母親的忌諱是很多的。

於是我想起自己一頭豬鬃似的頭髮，又粗又硬，披到東邊，翹到西邊，好難看啊。就躲在房間裡，對著鏡子從裡面剪下一撮，再把外面的蓋下來，是看不出來的。可是一次次的剪多了，短頭髮就像茅草根似的冒出來，母親看到了，覺得好奇怪，問我：「你的頭髮怎麼了？」我結結巴巴的說：「太多了，好癢，剪掉一些。我看二嬸也是這樣從裡面剪的。」她大笑說：「傻瓜，二嬸梳頭，嫌頭髮太多不好梳，你是小孩子短頭髮，怎麼能這樣剪呢？再剪要變成瘌痢頭了。」我只好供出來，是為了要換麥芽糖吃。母親想了想說：「不能再剪頭髮了，我來找東西給他。」於是找出我小時候的舊衣服、鞋襪等等，包在一起交給我，我好高興啊！

賣糖的又搖著波浪鼓來了，母親叫我把東西給他，自己卻又捧了一大碗滿滿的米，走到後門遞給他說：「再給我一片，我要供佛。」老伯伯說：「小妹妹，這一包東西就很多，不要米了。」母親說：「要的，要的。這是大米，熬粥給孩子們吃才香呢。」

老伯伯切了三片厚厚的麥芽糖給我們，高高興興的走了。母親望著他的背影說：「那點破舊東西能換幾個銅板呢？看他好辛苦啊！」

我咬一口糖含在嘴裡，另兩塊捧到佛堂裡供佛。想起老伯伯接下母親那一碗米時，臉上快樂的笑容，覺得嘴裡的麥芽糖也格外香甜了。

——選自《此處有仙桃》一九八五年六月初版，頁五十七—六十；二〇〇六年六月重排增訂二版，頁六十二—六十四

賞析

這是琦君回憶童年的文章。首段先提到她梳頭不順心，恨不得「哢嚓一下，把一綹不聽話的頭髮剪下」，繼而從頭髮想起麥芽糖。頭髮與麥芽糖原本不相干，正因為不相干，才令讀者好奇。

這是琦君高明的說故事方式。

琦君是溫柔敦厚的人，文如其人。她的筆下常見溫柔敦厚的人，情節充滿人情味。

琦君的童年離現代已經很遙遠，但這篇文章依然雋永可讀，可見情節過時並不要緊，人性的光輝才是永恆的。

作者簡介

琦君（一九一七——二〇〇六）

詳見本書頁三十九。

最大和最小

林良

有兩個少年，在同一個學校讀書，而且是同班。其中的一個，長得白白胖胖，同學們都很喜歡他，見面總很親熱的喊他的外號「饅頭」。另外一個，長得高高瘦瘦，同學們也都很喜歡他，見面總是很親熱的喊他的外號「筷子」。

饅頭和筷子，兩個人感情很好。他們都喜歡打棒球。在棒球場上，他們是一對好搭檔：筷子是投手，饅頭是捕手。兩個人功課都不壞，常常在一起討論功課。他們考試的成績相差不多。月考排名，如果饅頭是第七，筷子就是八名；如果筷子是第七名，饅頭就一定是第八名。同學們要是同時提起這兩個人，就喊他們「七七八八」。

這兩個人，有一次在一起談話。筷子無意中說到自己的父親是一個生意人，賣牛肉麵。他還含笑對饅頭說：「哪一天我請你嚐嚐我父親做的牛肉麵，味道很不錯。」

饅頭就說：「什麼哪一天哪一天的。要請客，就在這個星期六請。」

筷子答應了。星期六那一天下午，筷子真的帶饅頭到父親的麵攤子吃了一碗熱熱的牛肉麵。饅頭吃得很高興，不住口的喊好吃。

有一天，兩個人放學以後一起走路回家。筷子問饅頭說：「你父親是做什麼的？」

饅頭遲疑了一下，才淡淡的說：「他當部長。」

筷子聽了，臉色一變，一路上就不再說話。分手的時候，饅頭像往日一樣的說了一聲「再見」。筷子也勉強的說了一聲「再見」，聲音小得饅頭幾乎聽不見。

從此以後，筷子就跟饅頭疏遠了，不像從前那樣的親熱。饅頭很難過，很想好好的跟筷子談一次話，可是筷子老是躲著他。一天下午放學以後，筷子一個人孤孤單單的走在前面，饅頭遠遠的在後面跟著。到了兩個人平日分手的路口，饅頭忍不住了，就衝上前去，拉著筷子說：「你為什麼老躲著我？現在連棒球也不打了？」

筷子說：「部長的兒子，我不配跟你做朋友。」

饅頭急忙說：「你這樣說就不對了。難道是我不尊敬你的父親了嗎？我們是好朋友，這跟我父親當部長有什麼關係？我還是我呀！朋友是朋友，父親是父親。難道你一定要逼我不承認自己的父親，才肯跟我做朋友？」

筷子說：「我沒有這個意思。」

饅頭說：「那我們還是跟從前一樣好了，別再生我的氣了。」

從那一天起，兩個人又恢復了從前的友誼。「七七八八」還是「七七八八」，整天又在一起了。

社會上有些人，最喜歡跟人比大小，也喜歡拿兩個人來比誰大誰小。那麼，什麼是大？什麼是小？他們並沒有好好兒想過。

有一個愛比大小的人說：「經理大，職員小。經理比職員大，職員比經理小。誰說人沒有大小？」

原來他所說的大小，不是身體的大小，不是年齡的大小。他所說的大小，是指工作上的職位。

拿工作上的職位來區分大小，也許有一點道理。但是這種區分，要有一個限度，不能亂來，不能用到一切的事情上去。在工作上，是有這樣的區分；在工作以外，可不許有這樣的區分。

我們要做好一項大工作，當然要集合許多人的力量。這些人要組織起來，每個人都分配到一個職位。整個大工作也要分成許多項目，每個大項目再分成更多的小項目，一層一層的分下去。大項目要有人負責，小項目也要有人負責。大項目要照顧許多小項目，因此負責管理大項目的人，工作也比管理小項目的人重要。選擇才能高的人管理大項目，是當然的道理。這就是世俗人所說的「大」。這個「大」，是對工作上說的。

除了工作上的「大」以外，這個人在其他地方都不比別人大。他跟所有的人一樣，在家裡是妻子的丈夫，是子女的父親。他一樣要洗臉刷牙，一樣要穿衣吃飯。他要好好做人，尊重別人，才能受到別人的尊敬。

因為這個緣故，你就知道世俗人所說的誰大誰小是過分誇大了。一個好少年，不應該向朋友誇口自己的父親有多大。他如果這樣做，就會使人覺得他不尊重自己的朋友。

好朋友在一起，應該互相尊重，而且要尊敬朋友的父親，就像尊敬自己的父親。談誰的父親最大，誰的父親最小，這不但毫無意義，並且也表現出你對朋友的父親不尊敬。

父親就是父親，都應該受到少年的尊敬。誰聽說過父親還要區分「最大」和「最小」的？

——選自《與鴿子海鷗約會：林良精選集》二〇一一年七月初版，頁一五五—一六〇

賞析

這篇散文可分為兩部分，前半是個有趣的小故事，這個小故事引申出後半的議論。兩部分缺一不可。

兒童的心態還不成熟，在成長的過程中經常會在心裡鬧彆扭。把自己的父親跟他人的父親加以比較，是許多兒童的共同經驗。「論階級」是本文的主旨，但如果寫成一篇議論文，那前半的故事就可能不會出現，而這篇文章也就不那麼有趣了。

林良的散文經常如此用心，他從不說教，卻會讓少年讀者自然接受他的開導。學童在學校學習作文，必然會練習寫議論文。讀懂這篇，相信對議論文的寫作也會豁然開朗。

作者簡介

林良（一九二四——）

祖籍福建省同安縣，習慣以筆名「子敏」發表散文，以本名為小讀者寫作，是小讀者口中的「林良爺爺」。二〇一二年榮獲國家文藝獎。

畢業於台灣師範大學國語科及淡江大學英文系，當過小學老師、新聞記者，歷任國語日報編輯、編譯主任、出版部經理、國語日報社社長，以國語日報董事長兼發行人身分退休，退休後繼續從事寫作。

以兒童文學工作為生平職志，以國語日報「看圖說話」專欄與小讀者結緣，結集出版《樹葉船》、《青蛙歌團》、《月球火車》。著有詩歌作品《我喜歡》、《今年真好》、《蝸牛》；散文集《永遠的孩子》、《爸爸的16封信》、《會走路的人》、《早安豆漿店》、《林良爺爺的30封信》、《雨天的心晴》、《文學家的動物園》；兒童文學論文集《淺語的藝術》、《純真的境界》、《小東西的趣味》、《更廣大的世界》；兒童文學創作《我是一隻狐狸狗》、「林良童心」系列繪本十冊及翻譯圖書等兩百多冊。

小河彎彎

馬景賢

我的心中有一條彎彎的小河。

在深夜睡夢裡，小河嘩啦嘩啦的呼喚我。

在幾十年漂泊的日子裡，我一直懷念那條小河。

彎彎的河環繞在家鄉小鎮上，小河曾經陪我成長，給我童年帶來快樂。春天，河岸楊柳發出新綠，柳條兒倒映在鏡子般的水面上，一陣春風吹過，綠油油的河水上，泛起幾道微笑的笑影，歡迎來到河邊嬉戲的小孩。

我們折一段柳枝，用手不停的搓，樹皮和中間的木心鬆了，抽出木心，就成了一個柳枝笛兒。在一陣陣「笛」聲中，揭開了我們歡樂的序幕。

春天的腳步總是走得很快，轉眼就是夏天了。

夏天的小河，那才是我們的遊樂場，是我們最快樂的時光。我們一群小伙伴，光著屁股，像一群小鴨子，噗通、噗通跳進小河裡去游水。在笑聲叫聲中，看誰游得遠，看誰游得最快！

有時候，扎個猛子，潛到水底摸蝦子，去頭去尾，一仰脖兒一口吞下去，脆脆甜甜，真是貨真價實的「生鮮」呢！蝦子抓多了，就用細草桿穿進蝦子的頭，串成一串，然後帶回家烤著吃了。

我那時候的游水技術已經不錯了，在小伙伴中也只是「菜鳥」，但是家裡人都不知道。有一次哥哥好心，說要帶我到河邊教我游泳。我跑得像飛毛腿，到了河邊，扒了褲子噗通就跳下了水，急得哥哥大喊大叫。我在河裡卻得意的向他哈哈大笑。他問我誰教我的，我說「騎水牛兒」學會的。

我說的「水牛兒」，不是耕田拉車的牛，是我們練習游泳的「工具」——褲子。在那個年代，又是鄉下，沒有游泳圈，我們把長褲脫下，兩個褲腳綁起來，人站在水過腰時，雙手拉著褲腰，用手高高舉起來，然後很快的用力往水裡壓下去，兩條褲管立刻充滿了空氣，樣子像「丫」字，很像牛的犄角，這時再把褲腰部分抓緊，人的頭趴在充了空氣像牛角的褲襠中間，就成了很好的游泳工具——水牛兒。我們小孩子玩游泳沒有教練，從狗爬式、自由式、仰式，全是靠騎水牛兒學會的。

在小河裡玩夠了，看見岸邊有漁家的小船，划著就走，也不管人家要不要用。有時候划得好遠，主人找不到時，又跳腳又破口大罵，我們反而覺得挺樂的！至今我的划船技術仍然不錯，不管是單槳、雙槳都能划。不過這都是挨罵淘氣學來的。

小河兩岸有許多蘆葦，裡面有鳥蛋和水鴨子，只要被我們發現了，都逃不出我們的「魔掌」。不過，一不小心就會踩著葦子根，往往扎得腳丫子流血不止，不但要忍受痛苦，回家還要挨罵。

到了秋去冬來，嚴冬把大地凍起來了。雖然外面寒風刺骨，但對我們愛玩的小孩子卻沒有影響。小河結成厚厚的冰，河上成了跑馬車的大道，也成了小孩子的溜冰場。我們買不起溜冰鞋，只能玩推冰車。

推冰車或拉冰車，是一個人坐在一塊磚頭上，一個人在後面推或用根繩子在前面拉著在冰上跑。有一次，有人用繩子在前面拉，我坐磚上在冰上跑，正在得意的時候，繩子斷了，拉我的人摔得老遠，我卻往後仰，一個四腳朝天，頭碰在硬邦邦的冰上面，痛得我坐在冰上，好久好久說不出話來。我那時候大約是十幾歲左右吧，從那次以後，我再也不敢玩拉冰車了。

在小河上的嬉戲，那是幾十年前的往事了，現在年已近古稀，有些事情一轉眼就忘，可是這陳年童年往事，卻歷歷如在眼前。幾年前，重返故鄉，站在大石橋上想看看那條心中的小河，但已不見蹤跡，原來一兩丈寬的河水，現在變得很窄，水很少，像一條小水溝，有的地方，只要一跳就能蹦過去。

小河不見了，童年的夢沒了，那條彎彎的小河，只有永遠留在我的心中了。

——選自《小河彎彎：馬景賢精選集》二〇一〇年九月初版，頁十八—二十二

賞析

童年往事是兒童散文常見的題材，本文即屬此類。

隨著時間流逝，大人回憶童年經驗，對新一代的兒童來說，已是無法領略的陳年舊事。作家把它寫出來，究竟是為了新一代讀者？或只是想替自己保留記憶？真是個有趣的問題。但無論如何，資深作家的童年雖是「舊聞」，卻仍是新一代讀者的「新知」。

本篇散文描述大陸北方風光，台灣兒童讀者一定感覺陌生，但對作者而言，卻是永難忘懷、留在心中的童年。人生到了晚年，每個人的童年都無可避免只能存在心中吧。

作者簡介

馬景賢（一九三三——二〇一六）

河北良鄉縣人，國立台灣師範大學國文系畢業。曾服務於國防醫學院圖書館、中央圖書館、美國普林斯敦大學東方圖書館及農復會（後改為農委會）圖書館，從十六歲至六十五歲一直在圖書館工作。公餘喜歡兒童文學，曾主編國語日報《兒童文學周刊》。有關兒童文學方面，除研究外，

寫作範圍有兒歌、童話、小說、戲劇、相聲及翻譯等。

作品曾獲國家文藝獎、中華兒童文學獎。譯有《石頭湯》、《天鵝的喇叭》、《山難歷險記》，著有《小英雄與老郵差》、《三隻小紅狐狸》、《說相聲，學語文》等書。

收藏在記憶中的鞋子

顏崑陽

我以二千五百元買下一雙皮鞋；記不清這是我所穿過的第幾雙鞋子。然而，三十多年來，收藏在記憶裡的鞋子，卻只有一雙。

很興奮的穿上第一雙鞋子，是我在十三歲那年的夏天；因為過些日子，我就要到十里外的市鎮去讀中學。出生以來，都是赤腳踩著碎石漫漫的泥路。

那是一雙咖啡色的帆布鞋，比我的腳丫大了將近一寸。年輕的母親蹲下身去，替我在鞋尖塞了一團破布。

「鞋子太大了！」我說。

「傻孩子，你的腳會長大，鞋子不會長大。家裡窮，這雙鞋要穿好幾年哩！」母親說。

活了十多歲，好不容易擁有第一雙鞋子，儘管不合腳，我還是穿著它到處閒逛，踢踢踏踏的在玩伴們面前走來走去。

或許，它的品質不好，還沒等到我的腳長大，便已受不住折磨而鞠躬盡瘁了。我並未完全丟棄它，而默默的把它收藏在記憶裡，如同收藏著我窮苦卻又快樂的童年。

如今，年輕的母親已經老了。我的腳也不再長大，並且有錢買得起昂貴的皮鞋。然而，收藏在記憶裡的卻只有一雙咖啡色的帆布鞋。

有時候，望著吾兒，他剛出生不久，便穿上柔軟的娃娃鞋，腳從不曾沾地；將來他的記憶裡會收藏些什麼呢？

——選自《顏崑陽精選集》二〇〇三年十月初版，頁五十七—五十八

賞析

人生中有許多物品值得紀念，鞋子往往是其中之一。因為鞋子是很私人的物品，每個人的腳型不同，因此鞋子不適合共用。就像記憶一樣，每個人都有專屬於自己的記憶。

作者小時候曾獲得一雙鞋子，但並不合腳，只因為這是他的第一雙鞋，便被他永遠記住了。如作者所言：「默默的把它收藏在記憶裡，如同收藏著我窮苦卻又快樂的童年。」鞋子對作者而言，不只是單純的生活消耗品，而是與記憶連結的一個象徵。

值得收藏在人生記憶裡的物品有很多，但並不需要刻意去記。如果真的值得記住，一定不會

輕易忘記，當某個契機來臨，回憶就會如潮水湧來，擋也擋不住，屆時提筆記下，往往就是一篇好文章。

作者簡介

顏崑陽（一九四八——）

台灣師範大學國文研究所博士畢業。曾任中央大學中文系教授、東華大學中文系教授兼人文社會學院院長、淡江大學中文系教授。現任輔仁大學中文系講座教授。顏教授兼擅古典詩詞、現代散文、小說之創作與中國古典美學、文學理論、老莊思想、李商隱詩、蘇辛詞、一般古典詩詞學、現代文學批評之研究。曾獲聯合報文學獎短篇小說佳作、中國時報文學獎散文優等、中興文藝獎章古典詩創作獎、中國文藝獎章現代散文創作獎、九歌八十九年度散文獎。著有《顏崑陽古典詩集》，短篇小說集《龍欣之死》，現代散文集《傳燈者》、《手拿奶瓶的男人》、《人生因夢而真實》、《上帝也得打卡》、《窺夢人》等；學術論著《莊子藝術精神析論》、《李商隱詩箋釋方法論》、《反思批判與轉向——中國古典文學研究之路》、《詮釋的多向視域——中國古典美學與文學批評系論》、《詩比興系論》等，約二十餘種。

夜渡旗津

桂文亞

鼓山渡輪站的渡船開航了，阿直、美蓮和我，靠緊船欄，喝著養樂多，目不轉睛的直視眼前一艘貨輪，巨鯨般的橫越我們搭乘的這艘小渡輪，徐徐滑向遠方……。

那可不？在黑夜大袍的籠罩下，波光盪漾的大海簡直就是一塊創造金氏紀錄的仙草糕，不但又滑又亮一望無邊，還甜津津的呢！

渡輪在大海的仙草糕上輕輕滑動。天色已暗，隔岸閃爍的燈火隨風飄送，旗津渡輪站轉眼就到了。

等在渡輪第一層的摩托車騎士引擎一動，嘩嘩嘩，潮水般湧出，頃刻間各奔東西，我們是悠閒的過客，不著急，悠哉悠哉上岸，第一眼看到的是一幢建築物頂端亮晃晃的招牌：「鼓山分局旗津分駐所」，頗有先禮後兵的意思：「你不要亂來喲！」

旗津小島位於高雄港西側，長十一公里，寬約二百公尺，阿直說，腳踏車繞一圈大約兩小時，晚上來這兒，散步最愜意！

瞧！他指指左手邊。

是一排停在便利商店走廊上的觀光人力三輪車，彩色的花椅座，亮黃的車篷頂，頂緣裝飾的豔紅塑膠花朵及葉片，搭配漆得通紅通紅的車身，熱鬧繽紛極了，誰最適合上座？看來，是九十歲的老壽公和老壽婆。

倒是沿路豎立的廣告燈箱設計得十分典雅時髦，每間隔一段就出現一句：「江村漁歌」、「旗山夕照」、「鼓灣濤聲」和「江港歸帆」，這充滿詩意的「旗津四景」帶給夜遊人不少遐想。

沿著廟前路逛過來，最顯眼的就是海產店了。幾乎家家店面燈火亮如白晝，一攤接一攤的海鮮，大大的廣告字「一盤一百元」，讓人看得口水嚥了又嚥。除了胡椒餅、赤肉羹、番薯椪、烏魚子和碳烤小卷，走進旗津的客人，哪個不想衝著物美價廉的海產來個「吃到爆」？

哇！怪魚！我和美蓮不約而同對著分別養在透明水箱裡的兩尾大魚指指點點。向前仔細一瞧，這兩尾魚長得還真是滿抱歉的，身穿一件墨綠加土泥色運動衣，滑滑黏黏，從來沒洗過澡吧？一對混濁的小眼睛，直愣愣的，八成重度弱視吧？牠們各自遲緩的在水中浮動，看來心事重重。

「這是什麼魚呀？」心想，老裡老氣的魚，有人想吃才怪！

「紅藻。」

「『藻』字怎麼寫？藻？棗？蚤？」

賣魚的小伙計搖搖頭說，他只知道讀音。

「這魚味道好嗎？」

小伙計回答：「這種中級魚，肉質不軟也不硬。」他頓了一頓：「這兩條魚已經養了七年啦，我們不賣。」

「那，」我接著問：「左邊水箱裡那兩尾黃白黑三色條紋的，是神仙魚吧？」

小伙計點點頭。

「神仙魚也能吃啊？」美蓮很驚奇。

「當然可以！台灣人有什麼不能吃的？」他笑嘻嘻，一聽就知道是開玩笑。

「烤好吃還是煎好吃？我們想嚐嚐。」阿直立刻裝出很饞的樣子。

「哎呀，養來好看的，也不賣啦！」小伙計這才說了真話。

客人都在餐廳裡吃著，戴一頂布帽，就站在店門口招呼新客人的小伙計自稱「星仔」。

「左邊水箱裡的那條大魚叫『阿萬』，右邊水箱裡的那條叫『阿叭』，原來兩個死去的朋友的名字，為了紀念他們，就變成了魚的名字了。」星仔看我拿著紙筆很有興致的在記錄什麼，話也就慢慢多起來了。

「這是什麼蟹？」我又好奇的指著沉在水箱底部，擠成一疊，看起來很像螃蟹的「蟹」族們，有著一對鮮明的藍色帶白色圓點大螯，頗帶點喜感。

「這不是蟹，是野生的台灣花腳市，肉很甜。」

星仔還是不知道「花腳市」該怎麼寫才正確。他理直氣壯的說：「好吃就好，管它那麼多！」

我們的眼睛繼續轉移水箱左邊的海鮮攤。一排排亮晶晶的魚蝦，堆著白花花的冰屑，水汪汪的魚眼睛全都熱烈的看著我：吃我！吃我！台北來的客人！

可惜已經吃過非常豐盛的晚餐了，改用眼睛欣賞吧！鹹豬肉、烏魚子、蝦卷、蚵卷、芋丸、魚蛋、生魚片、鳳梨蝦球，長形白底紅字壓克力招牌插在海產攤上，豐富的美味真讓人怦然心動。

歡迎光臨！廟前路二十二號「鴨角活海產」。

「鴨角」，這次星仔很肯定的告訴我們，鴨角，是這家海產店老闆的外號，是鴨「角」，不是鴨「腳」。

——選自《在美的暈眩中：桂文亞精選集》二〇一一年二月初版，頁一二六—一三〇

賞析

這是一篇旅遊散文；旅遊散文也稱為「遊記」。閱讀旅遊散文是在紙上的旅行，所謂「行萬里路，讀萬卷書」，讀旅遊散文可知天下事，這是旅遊散文特具的魅力。對兒童而言，旅行是很令人興奮的事，因為兒童的旅行經驗不多，每到一個新地方（或每看一篇新遊記），都會有新鮮的體會與發現。

桂文亞的散文一向文筆優美，而幽默亦是本篇的特色。吃海產是許多人旗津之旅的重頭戲，後半的篇幅也順理成章在海鮮店發生。但作者偏偏不寫吃，而寫「用眼睛欣賞」的過程。讀者並不知這些海鮮吃來味道如何，仍看得津津有味。如此寫遊記，別有一番滋味。

作者簡介

桂文亞（一九四九——）

生於台灣，祖籍安徽池州市人。曾任教職、聯合報記者、副刊編輯、民生報兒童組主任、童書主編、「兒童天地週刊」總編輯、聯合報童書出版部總編輯、浙江師範大學兒童文化研究院講座教授。出版成人及兒童文學創作九十三冊、編輯童書近四百五十冊。

曾獲聯合報系高級資深績優記者獎、信誼兒童文學特別貢獻獎、宋慶齡兒童文學獎、「好書大家讀」年度最佳少年讀物獎、中華兒童文學獎暨世新大學十大傑出校友等獎。

故事卷

前言

故事做為一種文類，最起碼的要求是：完整說出一件事的始末。它的範疇很廣，定義難免籠統，若依照內容性質加以分類，可更容易談清楚。

本卷共收十篇故事，分成六類，分別是：

「神話故事」一篇：向明〈雨神的故事〉；

「歷史故事」一篇：蔡文甫〈三遷教子的孟母〉；

「科學故事」一篇：楊思諶〈天上的彩橋——談虹霓〉；

「民間故事」兩篇：陳金田〈卑南大溪的故事〉、司馬中原〈吝嗇鬼〉；

「寓言故事」兩篇：向陽〈誰叫你添腳〉、杏林子〈現代寓言四則〉；

「生活故事」三篇：張曉風〈勸說天使〉、楊小雲〈心中的魔鬼〉及侯文詠〈超人特攻隊〉。

但一篇作品的內容性質是否可以清楚分類？當然無法做到絕對。一篇故事有時既是神話故事，也是歷史故事。既是寓言故事，也是生活故事。可見分類有模糊空間，不妨伸縮權變。

故事跟「小說」的分野，則是另一個令人困擾的問題。故事可以講得很簡單，只要交代出頭尾及骨架，就是一篇完整的故事。但故事也可以講得很精緻、很複雜，一篇故事若寫得有血有肉、絲絲入扣，就相當於小說了。

故事深受兒童喜愛，這或許就是五花八門的各種類型故事應運而生的原因了。

神話故事：

雨神的故事

向明

這是一個墨西哥中部土著阿茲特克人的神話故事，意思是告訴人們應該重視我們每一粒所收穫的穀物。

相傳在阿茲特克的南部住著一位雨神，名叫德拉諾克。雨神所住的那塊土地一年四季都是鳥語花香，處處充滿綠意，結著纍纍的果實。那裡有湖泊、河流和瀑布。那些有幸住在那兒的人，每天就在這美麗的環境中以戲水、狩獵、野營為樂。其中大多數是天真無邪的兒童。

這兒既然是雨神住的地方，當然也有一座雨神的宮殿。那是坐落在一座高高的山頂上。那兒的景象則完全與平地不同，整日都是烏雲密布，宮殿也是顯得很陰暗。可是這是有原因的，原來在宮殿的大院子裡有四只極大的木桶，裡面儲滿著水。第一個桶裡的水是準備按季節需要而灑下的雨水，可以使土地綠化，帶來生機，開花結果。第二個桶裡的水是準備不按季節安排而隨意亂下的雨水，會使植物發霉腐爛。第三個桶裡的水是準備做冰雹用的。第四個桶裡的水可以使植物乾枯。

所有上面這四種雨水都是隨著雨神的命令灑落到地上去的。而執行這件工作的是無數的小人人。他們穿著七彩繽紛的衣服，淘氣得像一些頑皮的小動物，行動快速得像掃落葉的秋風，他們頭上頂著，肩上扛著，背上背著一罐罐的雨水灑落過一座座的山頭，一方方的田畝，一處處的莊園。當雨神命令他們製造一場劇烈的暴風雨時，他們就會趁著雷轟和閃電把整罐的水連同罐子一起摔到地上來。這也就是為什麼在大雷雨時，我們會覺得雨水像傾盆倒下來的原因。

且說有一天鄰近有一個叫吐拉國的國王發出布告，宣稱皇家的球隊要在國王的長方形大球場裡舉行一場公開的挑戰賽。據說那是一種非常劇烈的比賽，很多人可能會在混戰中喪命。可是那些灑雨的小人人卻極有興趣參加。因為他們時常爬山越嶺已經練就一身輕功，自信不會失敗。

「啟稟國王，假使球賽被我們打贏了會有什麼獎賞呢？」小人人們問國王。

國王對自己培植的球隊具有必勝的信心，他回答道：「凡是贏得球賽的，可以獲得最貴重的寶石和珍禽的羽毛。」

小人人們接受了國王的挑戰。他們也說：「如果國王的球隊贏了，我們也拿出相同的寶石和羽毛。」

在球場的一頭，國王和他的球隊，一個個高高大大的戴著手套，穿著護胸和護膝，站在那裡準備迎戰。球場的另一端，小人人們也準備好了站在那裡只等發球。然後球賽開始了。兩隊球員你來我往的爭球，都想把球投進牆上的一只石環裡。

有一段時候，小人人們似乎占了上風。他們小小的身軀在對方高大的腳腿間穿梭來去，使得那些大個子無法捉摸他們的行蹤。可是再過一會兒，國王的球隊也取得了優勢。他們身高手長，球落在他們手中，傳來傳去，小人人們只有望球興嘆。打這種球有一種規則，球在運動中不可用手或腳去碰，只能用手肘和膝頭去頂，所以球有時候會正正的打在臉上或直直的擊中腹部。很多球員甚至會被硬硬的橡皮球所擊倒。這場球打到後來，在兩隊精疲力竭之餘，國王的球隊終於獲勝。

「現在我的球隊勝了，請你們實踐諾言，把答應的寶石和羽毛拿出來吧。」國王興奮而又驕傲的對小人人說。

可是小人人並沒有國王所說的那種寶石和羽毛。他們拿出了一些黃甸甸像寶石顆粒樣的玉蜀黍和形狀像羽毛的玉蜀黍穗。

國王看了眉頭一皺非常不高興的問道：「這是什麼？難道這就是我贏得的寶石和羽毛嗎？」

小人人回答道：「請國王收下吧！這些才是真正最珍貴的東西哩。」

可是國王非常不屑的把這些東西摔在地上，很憤怒的轉身走回宮去。

「好吧！」小人人們圍在一起低聲的討論。他們說：「我們就把國王所認為不值錢的東西收藏起來吧。」

於是他們一回到那座烏雲密布的雨神宮殿，就製造了一場空前未有的大冰雹，全部都降落在吐拉國的國土內。一霎時天地變色，氣溫突降，穀物都被摧殘得奄奄一息。緊接著就是一連好幾個月的酷熱，甚至連石頭都乾得爆裂。一年又一年的饑荒折磨著這個國家。他們祈求禱告，都無法平息雨神的憤怒。

到第四年快要年終時，吐拉國的一個國民到阿茲特克的一個城裡去乞討。突然發覺一處從山上流下來的泉水裡，漂浮著有一枝玉蜀黍穗子。這個人高興死了，馬上把它撿起來就送到口裡去啃，突然一個雨神的使者就好像從水裡冒出來似的站在他的身旁。

「你知道你手裡拿的是什麼東西嗎？」雨神的使者憤怒的問道。

「我知道，閣下。」這位飢餓的人回答道：「好多年以來，我們已經沒有見過這麼好的東西了。」

然後雨神的使者告訴他：「把這枝玉蜀黍拿去告訴你們的國王，要他去懇求阿茲特克一位名叫羽毛之花的少女，她必須嫁到雨神的宮殿裡來，你們的饑荒才會停止。記住一定要阿茲特克的女孩，不能是吐拉國的孩子，因為吐拉國的氣數已盡。」

這個人記住了雨神使者的話，飛快的回到了自己的國家，把所遇到的事情全部報告給國王聽。於是國王派了一個使者到阿茲特克去，請求那位唯有她方可拯救吐拉國人民的少女。那少女深明大義，抱著犧牲一己，造福大眾的崇高信念，答應了使者。一連四天，阿茲特克人為這個勇敢的少女舉行宴會和慶祝儀式。到了第五天，少女的父親，這位一向把自己的女兒視為掌上明珠的老人，親自帶了她到雨神居住的山上。當少女的靈魂加入了雨神慶祝勝利的歡樂行列，一霎時，吐拉國的天空馬上布滿了烏雲，接著下了四天四夜的雨，吐拉國的旱象立刻解除，土地漸漸又恢復了生機。那一年的收成比人們記憶中任何一年的收成要多出二三十倍。吐拉國王不再被人擁戴，他們選出了一位新的國君。

——選自《糖果樹》一九八四年二月初版，頁四—十一

賞析

古人對於自然現象缺少科學知識，神話故事往往源於古人對於自然現象的想像解釋。神話故事裡的神仙不見得慈眉善目，本篇裡的雨神掌管下雨，但祂不只按季節需要下雨，也會製造災難

讓人民受苦。古人對雨神敬畏，才產生這樣的神話。

雖是一篇來自墨西哥的神話，但敬天畏神的道理是世界共通的。台灣俗諺也這樣說：「人無照天理，天無照甲子。」

故事結尾安排一位少女嫁給雨神，這是宗教儀式裡的「獻祭」。許多古代文明有活人獻祭的儀式，包括阿茲特克文明在內。寫成「嫁給雨神」，是文學化的處理。

作者簡介

向明（一九二九——）

本名董平，藍星詩社資深同仁。曾任《藍星詩刊》主編、台灣詩學季刊社社長、年度詩選主編、文協及新詩學會理事、國際筆會（INTERNATIONAL P.E.N.）會員、國際華文詩人筆會主席團委員。曾獲文藝獎章、中山文藝獎、國家文藝獎、中國當代詩魂金獎，世界藝術與文化學院於一九八八年授予榮譽文學博士。著有詩集《雨天書》、《狼煙》、《青春的臉》等多種。曾獲國軍文藝金像獎詩首獎及文協新詩獎。除寫詩外，並以「仲哥」為筆名，默默從事兒童文學創作，曾為《軍民一家》雜誌撰寫兒童故事專欄達十餘年並著有《香味口袋》、《糖果樹》。作品詩及散文獲選國內外各大詩選文選，作品被譯成英、法、德、比、日、韓、斯洛伐克、馬來西亞等國文字。

歷史故事：

三遷教子的孟母

蔡文甫

孟子的母親從廚房內走出，在屋內外，都找不到孟子，便走到屋後大聲叫，要喊他回來吃飯。

但叫了半天，仍然沒有聽見孟子回答。她焦急起來，直向公墓走去，因為他們的家是在公墓旁邊，孟子時常在公墓園中玩耍。

遠遠的，她便看見五六個小孩，年紀和孟子差不多，都在七八歲左右，正和孟子圍成一團；他的母親走近了，才知道他們用鏟子和鋤頭挖了一個小小的墳墓，正在裝扮祭奠大典，大家都跪在墓前，假假的啼哭。

孟子的母親看到這情形，突然愣住了。後來慢慢想起，這時正是清明節前後，來公墓祭奠的人很多，孟子是模仿他們才這樣做的。

第二天，孟子的母親決定搬家了，她認為像這樣的遊戲，小孩學會了，是沒有好處的。

他們的家由荒僻的鄉村，遷到熱鬧的市鎮，孟子的母親仍然細心的注意他，發現他又學做買賣了。他出去買東西，也喜歡和別人爭多論少的。

孟子的母親又準備搬家了，她覺得在惡劣的商場中，容易影響小孩子的心理。但這次搬家不能像前一次那樣草率，要選擇一個良好的環境。結果，他們便搬到一所學校的旁邊。

孟子看見很多學生讀書，他也學著大家的樣兒跟著讀書。他的母親看到了，非常高興，認為這種好的環境，適宜於長久居住，便不想再搬家了。

孟子開始讀書就非常用功，每天晚上在家裡溫習功課，還把當天的課程講給母親聽。他的母親也常常鼓勵他，所以他的學問進步很快。

一天下午，孟子的母親在家裡織布，忽然看到孟子從學校中回家，她覺得奇怪，便問他為什麼不讀書提早回來，叫他趕快回到學校去。

但孟子低頭不語，兩手玩弄著衣角，像不願再去讀書的樣子。

孟母站起將他拉到織布機房，指著織布機上的紗線問：「你知道，這是幹什麼的嗎？」

「知道，這是織布。」

「好啦，現在你看，」他的母親說著，拿起一把刀，將織布機上的紗線全部剪斷。

「這樣還可以織成布嗎？」

「這樣剪斷太可惜了，不能織布了。」孟子驚訝道：「母親，你為什麼剪斷紗線呢？」

「你看到這剪斷的布可惜，」他的母親抓著一把亂紗說道：「可是，你讀書中途停止，正和這織布機上的紗一樣，是不會成功的。」

孟子低頭想了一會，自己的臉也紅起來，便低聲說：「我以後再也不敢荒廢讀書的時間了。」

後來孟子果然成了亞聖，是我國著名的教育家、思想家。

——選自《中國名人故事》一九八三年三月初版，頁一五四—一五七；《火牛陣：中國名人成語故事》二〇一〇年二月，頁一六三—一七〇

賞析

「歷史故事」顧名思義，寫的是歷史上發生過的人事物。這篇〈三遷教子的孟母〉選自蔡文甫先生的《中國名人故事》，該書集中描寫夏、商、周三朝的人物軼事。

孟子在中國讀書人的心目中，地位僅次於「至聖」孔子，與他有關的故事不少，也流傳久遠。

本篇所寫的是其中兩則：「孟母三遷」及「斷機教子」。前者詮釋環境會影響一個人的成長，後者強調做事需持之以恆的道理。

這兩則故事的主角是孟母。孟子日後的成就，須歸功於孟母的教育方式。許多人認為，孟母是中國歷史上最偉大的母親之一。

作者簡介

蔡文甫（一九二六——）

曾主編《中華日報》副刊多年。創辦九歌、健行、天培等文化事業並設立九歌文教基金會。著有長短篇小說集《雨夜的月亮》、《沒有觀眾的舞台》、《解凍的時候》、《小飯店裡的故事》等十多部。曾獲中山文藝獎、多次副刊、圖書類金鼎獎、中國文藝協會小說創作獎及榮譽文藝獎章暨新聞局金鼎獎特別貢獻獎。著有兒童文學《李冰鬥河神：中國名人故事》、《火牛陣：中國名人成語故事》。

科學故事：

天上的彩橋

——談虹霓

楊思諶

一陣大雨過後，天又放晴。蒼穹重新現出蔚藍的顏色，像剛洗刷過似的清爽，幾朵白雲浮游著，更顯著可愛。

傻哥兒正巧做完了功課，易叔叔便帶他和妹妹出去散步。

屋外的景致，比在屋裡隔著玻璃窗望出來的更美麗；樹木翠綠欲滴，初萌嫩芽的小草兒，沾著雨珠，發出晶瑩的亮光，連空氣也彌漫著清甜的氣味。

他們循著小路，慢慢兒便走到田野去。不一會工夫，便置身在阡陌縱橫的稻田間；有些田已經插了秧，有些還是光禿禿的，蓄滿了水。

突然，妹妹抬起頭，「啊！」的叫了一聲。傻哥兒驚訝的向她望；妹妹伸出右手，指著遠遠的天邊，說道：

「哥哥，你瞧那邊天上架了一座彩橋！」

傻哥兒順著她的手看去，那邊的天際，果然橫著一座拱形的彩橋，由紅、橙、黃、綠、藍、靛、紫等七色拼成。傻哥兒說：「這叫做『虹』啊！」

妹妹迷惑的望了望，問：「你怎麼知道是虹？這明明是一座彩橋啊！」

傻哥兒說：「我在書上讀到的啊！」

「那麼，這『虹』是誰造的呢？」妹妹追問道。

傻哥兒十分得意的，幾乎要笑出來了。半晌，才佯裝非常嚴肅，煞有介事的解釋說：「虹不是人造的，它是一種自然現象。」

「它到底是怎麼形成的？」妹妹追問道。

這一問，把傻哥兒問得目瞪口呆，不知道怎樣回答。老半天才期期艾艾的搭訕道：「這個……這個……請易叔叔告訴你吧！」

「哥哥好羞，哥哥好羞，哥哥也不知道！」妹妹用一隻指頭，畫著臉頰說。

傻哥兒滿臉通紅，一直一聲不響的易叔叔，這時才挺身解圍說：「好了，好了，讓我把虹的成因告訴你們吧！」

易叔叔微笑的掃視兩個小孩一遍，慢慢的開口說道：「太陽光又叫做白光，它是由紅、橙、黃、綠、藍、靛、紫等七色混合成的。你們瞧那彩虹顏色的排列，便是按照這個次序。最外圈的是紅色，最裡面的是紫色，這在物理學上叫做『光譜』。我們要是在暗室中，讓一線日光射進去，照在稜鏡上，向比較厚的一方折射出來，在對面的壁上，也可以現出剛才所說的七種美麗的顏色，它的次序照樣不變。」

妹妹立刻問道：「這也是虹？」

「不是的，」易叔叔笑笑的說：「原來在雨後，或是日出、日沒的時候，天空中總浮著許多小水滴，當太陽光射在這些球形的水滴上，跟稜鏡的作用一樣，從裡面折回來的光線，由於折射的角度不同，便形成了不同的顏色；大概和原方向成四十度的是紫光，成四十二度的是紅光，其他靛、藍、綠、黃、橙都在它們的中間。總一句話，虹是大氣中浮游的水滴，分散日光所成的現象。」

傻哥兒和妹妹聽了，又去注視那道虹。片刻，傻哥兒好似有了新發現似的指著虹說：「易叔叔！您瞧，這道虹有兩圈，外面的一圈是紫色在外，紅色在內，和你說的次序不是相反嗎？」

易叔叔瞥了一眼，說：「對了。裡面的一圈，才叫做『虹』；外面的那一圈，應該稱為『霓』。霓的成因和虹一樣，不過由於光線在水滴內，多了一次全反射，結果變成了紫色在外，紅色在裡面了。」

「此外，我還要告訴你們。」易叔叔補充道：「虹多半和太陽相對，早上出現在西邊的天際；傍晚便在東方。像此刻太陽已快下山，所以虹霓便在東邊的半天空出現了！」

傻哥兒和妹妹都十分高興，又多懂了一層道理。同時，不由感嘆起大自然的神妙；黃澄澄的日光，竟然可以分散出七種美麗的顏色。

暮色漸濃，易叔叔便牽著他們的手，愉快的走回家去。

——選自《科學小故事》一九八六年六月初版，頁五—十

賞析

「科學故事」是把科學知識編成故事，或反過來說，在故事裡介紹科學知識。寫科學故事的作者除了要會說故事，還必須具備科學知識。

楊思諶曾主編《中華日報．中華兒童週刊》十幾年，亦曾創辦《兒童世界》半月刊，是致力於兒童文學的有心人。這篇〈天上的彩橋——談虹霓〉選自他的《科學小故事》一書，該書由三十篇故事組成，介紹了三十種科學知識。

楊思諶的文筆明朗易讀，在解釋科學知識之餘，文學美感也毫不打折扣，確實是高明的兒童文學作品。

作者簡介

楊思諶（一九二六——二〇一六）

福建省晉江縣人，熱愛孩子，曾主編《中華日報．中華兒童週刊》十餘年，並創辦《兒童世界》半月刊，致力兒童文學研究。

除兒童讀物《五彩筆》、《科學小故事》外，另寫有長篇小說《漫漫長路》、《金色的泡沫》、《濃霧中的陽光》、《河的那邊》，短篇小說集《迷茫的春天》、《閃爍的寒星》及散文集《人間百態》等書。

民間故事：

卑南大溪的故事

陳金田

台東馬蘭社的卑南族同胞的部落，從前有一個名叫「湯美」的青年。他很聰明，而且很會跑，所以很受大家器重。

有一次，湯美在部落裡的打鐵店，看到三隻狗被關在木牢裡。打鐵店的主人說，這些狗很凶，會咬人，所以把牠們關起來。

湯美回家以後，很想用這些狗來幫忙狩獵。於是跑到頭目家裡，向頭目說他要馴服這些狗。頭目說：

「這些狗又凶，又跑得很快。我在北風吹得很厲害的時候，放出竹膜（長在竹節中的薄膜）任風飄盪，如果你抓得到竹膜就可以去。」然後頭目挑一個日子，拿著一片竹膜放出空中。湯美隨後追蹤，終於在離部落不遠的山上捉到了。

於是，湯美叫他媽媽搓了三個糍粑和三根繩子，並在糍粑裡面摻入幾根頭髮。

然後帶著這些東西到打鐵店，向主人說要馴服這些狗，請他把狗放出來。主人不肯，湯美再三要求，主人才放狗出來。狗衝出木牢要咬湯美，湯美跑到山上扔出那三個糍粑。追來的狗，看到糍粑就停腳來吃了；一隻吃一個。可是糍粑黏住嘴巴，由於頭髮纏在糍粑裡面的緣故，無論如何都吞不下去。在狼狽不堪的時候，湯美就拿起繩子套上狗的脖子，成功的制伏這些狗了。主人很佩服湯美的機智，把小狗送給他。原來這隻小狗是另外兩隻生的，名叫「普婉」。

湯美得了普婉以後，就帶牠去狩獵。牠跑入林中，不久就咬著一隻花鹿回來，翌日再去狩獵，又咬著一隻水鹿回來。如此，每次的狩獵都無往不利。有一次，到深山狩獵時，普婉卻不回來。湯美等到黃昏牠還是不回來，終於很失望的回家了。

天快亮的時候，湯美聽到普婉吠的聲音。他急忙跑到外面，發現普婉全身泥土和血液。普婉咬著湯美的褲子，好像要拖到哪裡似的。湯美檢查牠沒有受傷，就邀頭目一起跟著走。

走了很久，終於在阿肯山麓發現一隻受傷的花豹，原來是普婉咬傷的。兩人又在附近發現一個很大的湖，湖水清澈，周圍長滿大樟樹。美麗又莊嚴，令人覺得到了另外一個世界。頭目說從來不知道有這個大湖，祖先也沒有說過。後來兩人就扛著花豹回家了。

湯美又想：如果把湖水引來灌溉田園，就不愁收成不好了。於是和頭目前往拜訪住在阿肯山中的仙人，請教引水的方法。仙人說：

「你們可用一個葫蘆裝酒，用九顆蜻蛉玉串成一串放入葫蘆裡。又用七顆蜻蛉玉串成一串，繫在葫蘆腰。湯美，你拿這個葫蘆到湖畔，向山神和水神祈禱後，弄破葫蘆。那時湖水會衝出來。你千萬不要回頭，要直跑下山。到離部落不遠的地方，就要轉左跑到海岸。如果跑進部落，整個部落都會被淹沒了。頭目，你要在湯美左轉的地方，排七顆檳榔，等湯美跑到，就向山神和水神祈禱。如此，你們的願望就會實現。」兩人感謝仙人的指示，就回家了。

他們挑了一個吉日，湯美到湖畔祈禱，弄破葫蘆，拚命跑下山。湖畔果然缺了一個口，衝出的湖水一直追著湯美，幸好湯美跑得快，不然的話，注定被淹死了。跑到要轉左的地方，頭目已經排著檳榔在祈禱。跑到海岸，終於順利造了一條河川。兩人為了緩和河流，用同樣的方法，在上游造了一條支流。這條河流就是如今的卑南大溪。

後來湯美成了狩獵神，普婉成了獵狗神。大家在狩獵之前，一定要向他們祈禱。據說：如果哪一次省了這段儀式，狩獵一定不會理想。

——選自《彩虹公主》一九九二年二月初版，頁六—十二

賞析

「民間故事」有時也稱為「民間傳說」或「民間童話」。民間故事的原創作者一般都不可考，是經由一代代口耳相傳才保留下來，直到有文人將它寫出來，才成為以文字流傳的文學作品。

在口耳相傳的時代，難免因為口述者記憶模糊或加油添醋，形成不同的版本。而文人經過採集、整理再寫出的民間故事，也常出現各種大同小異的情形。

民間故事往往表現出一個地方或族群的特色。台灣原住民善於狩獵，因此流傳許多與狩獵有關的民間故事。這篇〈卑南大溪的故事〉是作者陳金田根據資料，加以潤飾改寫而成。

作者簡介

陳金田（一九二二——二〇一二）

苗栗縣竹南鎮人，曾任多項職務。對於台灣的歷史與民俗極有興趣，並深入研究，再以童話方式呈現，深入淺出。著有兒童文學《彩虹公主》、《靈蛇武龍》，編著《猜猜看》、《台灣童謠》，翻譯《台灣風俗誌》、《台灣私法》等書。

吝嗇鬼

司馬中原

我們人活在世上，講究安身立命，年輕的時刻，就要學些對社會有用處的技能，憑本事養家活口，但有了錢，也不能揮金如土的胡亂花費，人不是常說嘛：「節儉是美德，奢侈是惡德。」

但節儉和吝嗇，完全是兩碼事，不能混為一談。

當年，北方有胖子徐老富，家裡非常有錢，但生性吝嗇極了，他是靠放高利債起家的，一把算盤，整天撥來撥去，算子錢，算母錢，手邊有一堆放債的摺子，從早到晚的都在翻弄，今天到東，明天到西，各處去算帳討利錢，人那麼肥胖，走起路來肉顛顛的，尤獨遇上烈日炎炎的夏天，一天跑下來，光是淌汗，就能淌掉半臉盆。

後來，年紀更老了，跑不動了，還是咬著牙在捱命，他的家裡人實在看不過去，就力勸他買匹毛驢代步。他起先還支支吾吾的不肯買，後來拗不過，咬著牙到驢市去買驢了。

你徐老富買驢之前，也該掂掂算算呀！你是個體重兩百多斤的大胖子，應買上一匹身高體健的大驢，牠才能馱得動你呀。嘿，那個徐老富捨不得錢，千挑百揀的貪便宜，買了一條比狗大不了許多的小灰驢。

說真話，他真是十分愛惜那條小灰驢，從來捨不得騎牠，他牽驢出去收帳，只肯讓那條驢馱馱帳本兒和錢袋，對人表示：我是有驢騎的。

那年的夏天，烈日當空，真是熱得緊，徐老富照例出門去收帳，這回路很遠，他牽驢走到半路，實在走不動了，兩頭幾乎喘到一頭去，萬不得已，才騎上驢，勉強又走上幾里地。按理說：毛驢的骨膀硬，有耐力，負重趕旱，要比馬和騾子更強，鄉下有句流諺，說是：「銅騾，鐵驢，紙糊的馬」。你甭看牠瘦瘦小小的，看上去不打眼，馱上一個大胖子，也難不倒牠。

壞就壞在小灰驢到了徐老富家，嬌生慣養，從來沒人騎過牠，一旦被徐老富騎上，牠是很不習慣，走不多久，人不喘了，驢卻口吐白沫，吁吁呀呀的喘了起來。

徐老富一嚇，萬一把牠騎死了，買驢的錢，豈不全泡了湯了嘛！他趕快下驢，找處樹蔭涼，解掉驢的肚帶，讓牠好好的歇上一歇。

驢也有驢的習慣，主人替牠繫上肚帶，表示是要牠幹活，卸下肚帶，表示是要牠歇息了。徐老富把驢肚帶解下，坐在自己屁股底下，身子靠在樹幹上，把涼帽卡在臉上，略為迷盹了一會兒，睜眼再找小灰驢，這才發現，那匹毛驢自行朝回家的路上走，業已走有半里多路了。

他呼喚幾聲，驢也聽不見，他又跑不動，無法把驢追回來，他怕驢走丟了，又不能丟棄驢肚帶，這可怎麼辦呢？沒奈何，他只好把驢肚帶繫在自己脊背上，帳也不去收了，死掙活捱的，跟著驢蹄印兒走回家。

家裡人遠遠看他那樣，都覺得好奇怪，怎麼好好的一個人變成活驢了呢!?

他在家人的笑聲裡，走到門口，急急忙忙的問兒子：「噯，甭笑啦，小灰驢回來沒有？」

「早回來啦，正在檀上吃麥麩子呢！」兒子說。

「那好！那好！」徐老富大喜過望說：「只要驢沒丟，就把我累成一匹驢也不要緊的。」

他解下驢肚帶，這才發現，自己的脊背，磨塌了兩層皮，腳踝也扭傷了，人暈暈的中了暑，差點兒把老命丟掉。

從徐老富這件事，我們不難想到，世上事，過與不及，都值得檢討檢討，不是嗎？

——選自《司馬爺爺說鄉野傳奇》二〇〇九年二月初版，頁十七—二十二

賞析

司馬中原是台灣家喻戶曉的小說家及「鬼話大師」。他的小說及鬼故事之所以寫得（或說得）那麼好，跟他自小就喜歡聽長輩說故事有很大關係。民間故事，原本就是一代代的父老說給家族裡的兒童才流傳下來的。

這篇〈吝嗇鬼〉應是司馬中原小時候聽過的故事。他在晚年將它寫下來，讓故事得以傳承。司馬中原的文筆十分幽默，把徐老富的吝嗇形象寫得活靈活現，尤其末尾徐老富仍不知悔改，竟說：「只要驢沒丟，就把我累成一匹驢也不要緊的。」令人覺得他既可笑又可悲。

作者簡介

司馬中原（一九三三——）

本名吳延玫，曾獲第一屆全國青年文藝獎（《荒原》），獲教育部文藝獎、十大傑出青年金手獎、第一屆十大傑出榮民獎、第二屆《聯合報》小說獎特別貢獻獎、國家文藝獎（《春遲》）。

著有小說集《狂風沙》、《荒原》、《春遲》等，散文集《鄉思井》、《月光河》、《雲上的聲音》、《司馬中原笑談人生》等，其中多部改編電影，如《路客與刀客》、《大漠英雄傳》、《鄉野奇談》等，均為觀眾所喜愛。他的散文〈火鷓鴣鳥〉被選入國中課本。近年也為孩子寫故事，著有《司馬中原童話》、《司馬爺爺說鄉野傳奇》。

寓言故事：

誰叫你添腳

向陽

楚國有個祭祠官，送了一壺好酒給他的部下。

這些部下都想嘗嘗這壺好酒，但由於人數眾多，便一起商量：「我們幾個人一起喝的話，這壺酒是不夠的，乾脆大家比比賽，看看誰最快畫好一條蛇，就讓誰喝這壺酒！」

大家都很贊成這個建議，便同時在地上畫起蛇來。過了一會兒，有一個人最先畫好了蛇，立刻拿起酒壺，準備要喝個痛快。可是當他看到其他的人，還在一筆一筆的畫，禁不住高興了起來，便一手拿著酒壺，一手又提起了筆，驕傲的說：「看你們這些笨蛋，還畫還畫，我就再給這隻蛇添幾隻腳，也要比你們快呢！」

想不到他沒把腳畫好，已經有人把蛇畫好了。那個人立刻搶下他手裡的酒壺，說：「蛇本來就沒有腳的，你卻幫牠添了腳，添了腳的蛇不能叫蛇——我們剛剛說的是比賽畫蛇，你畫的已經不是蛇了，所以這壺酒當然是我的了！」

替畫好的蛇添上腳的這個人，只好傻楞楞的看著別人高高興興的把酒喝光了。

——改寫自《戰國策》

成語延伸

我們常說「畫蛇添足」，意思指的就像故事中的傻瓜一樣，總是做些「多此一舉」的事。

畫蛇的速度雖快，但可不能「自作聰明」的幫蛇添腳——添了腳的蛇，已經不是蛇了，畫得再快，都是失敗。

類似的成語還有一句：「畫虎不成反類犬」，不過這只表示「做得不像樣子」、能力不夠，比起那些自作聰明、「恃才傲物」、畫蛇添足的人來，還是好多了，因為，有一句成語說「寧拙勿巧」！

——選自《中國寓言故事》一九八六年二月初版，頁四十四—四十八；

《大鐘抓小偷——成語也會說故事》二〇一二年五月初版，頁一一一—一一四

賞析

「寓言故事」往往簡稱為「寓言」，本意是寄託寓意在言說之中。寓意就是隱藏的意義。寓言是寓意與故事的結合，兩者缺一不可。少了故事，那寓意就成了一句格言；而少了寓意，這個故事就只是故事，不能稱之為寓言（或寓言故事）。

〈誰叫你添腳〉的故事出自中國古籍《戰國策》，它也是成語「畫蛇添足」的由來。許多成語都有典故，也有人把成語由來的原故事稱為「成語故事」。

雖然這篇寓言並非原創，但作者向陽在說完故事後，解說了它的寓意。寓言不一定會直接說出寓意，卻一定要讓讀者懂得其中寓意，才算是成功的寓言。

作者簡介

向陽（一九五五——）

本名林淇瀁，台灣南投人。美國愛荷華大學 International Writing Program（國際寫作計畫）邀訪作家，政治大學新聞系博士。

曾任《自立晚報》副刊主編、《自立》報系總編輯、《自立晚報》副社長兼總主筆。現任台北教育大學台灣文化研究所、語言與創作學系教授兼圖書館館長。獲有吳濁流新詩獎、國家文藝獎、玉山文學獎文學貢獻獎、榮後台灣詩人獎、台灣文學獎新詩金典獎、教育部「推展本土語言傑出貢獻獎」等獎項。

著有學術論著、童詩集《鏡內底的囝仔》、《我的夢夢見我在夢中作夢》、《春天的短歌》等、詩集《十行集》、《歲月》、《土地的歌》、《銀杏的仰望》、《種籽》、散文集《寫字年代》、《寫意年代》等、評論集、時評集等四十多種；編譯作品三十餘種。

《現代寓言》四則

杏林子

白馬．黑馬

白馬與黑馬為拉車，爭執不下，一起見造物主，請祂裁決。

造物主說：

「一匹馬跑得快，一匹馬跑得慢，車子一定翻覆。一匹馬往左跑，一匹馬往右跑，車子一定分崩離析。只有兩匹馬步調一致，快慢相同，有一樣的目標和方向，車子才能跑得又快又輕便。一床被不蓋兩樣人，一艘船不裝兩個舵。心志不同，不要同負一軛。」

會飛

烏說：「我會飛！」
荷說：「我也會飛！」
烏鄙夷不屑的看著荷：「你有沒有搞錯？你已經給釘死在地上，怎麼飛？」
荷怡然而答：「你用翅膀飛，我用心飛！」

倒楣的烏鴉

烏鴉飛到民家的屋頂上「呀呀」叫，惹得眾人一邊咒罵，一邊用石頭丟他。
烏鴉遍體鱗傷，哀哀哭泣。
「造物主啊！我真的是不祥之物嗎？」
「當然不是，孩子，」造物主慈祥的說：「只不過人類慣於把自己囿於一成不變的觀念之中，以自己的喜好為喜好，以自己的標準為標準，給這個世界訂下許多等級……」

龜兔賽跑第二章

烏龜跟兔子賽跑，贏出了癮頭。

這一天，他又約兔子比賽。從起點一路往前爬，爬到半路，卻不見兔子在哪裡打瞌睡，他心裡有點納悶，這老兄不是一向喜歡中途睡覺的嗎？怎麼今天沒看見人影？

烏龜爬呀爬呀，好不容易爬到終點，只見兔子早就在那裡以逸待勞又吃又喝的等著他。

烏龜懊喪的說：「往常你不是中途都打瞌睡嗎？怎麼這回跳得這麼快，害我輸了。」

兔子哈哈大笑：「老兄呀，天下哪有什麼事是一成不變的呀！」

——選自《現代寓言》一九九四年五月初版，頁十四—十五、二十六、二十八、一一四—一一五

賞析

這四篇寓言選自杏林子的《現代寓言》。杏林子是生命的鬥士，自小患有殘疾，但對人生抱

持樂觀的態度。她寫出的寓言充滿智慧，是一首首「生之歌」。〈會飛〉這篇寓言裡，荷對鳥說：「你用翅膀飛，我用心飛。」或許即是長年行動不便的杏林子對生命的體悟。

俗話說：太陽底下沒有新鮮事。從古到今，很多人生道理都已被寓言家寫過，當代作家要創作新寓言，難度很高。也因此，相對於其他文類，寓言的作品量明顯極少。

由於新寓意很難發現，改寫古典寓言便成為現代寓言常見的手法。〈龜兔賽跑第二章〉原是《伊索寓言》裡的故事。杏林子賦予新意，成為一篇新作。

作者簡介

杏林子（一九四二——二〇〇三）

本名劉俠，十二歲時罹患類風溼關節炎，全身關節均告損壞，但寫作不輟，並出版散文集《生之歌》、《生之頌》、《探索生命的深井》、《美麗人生的22種寶典》等多種。作品深受海內外讀者喜愛，屢被收入《讀者文摘》中文版，及港台國中國小、僑校課本。由小愛擴及大愛，創辦伊甸社會福利基金會，為殘障者爭取福利。曾當選第八屆十大傑出女青年，以及榮獲國家文藝獎、吳三連基金會社會服務獎。曾任總統府國策顧問。

生活故事：

勸說天使

張曉風

「今天，有哪一位小朋友想跟大家一起分享一個故事嗎？」問話的老師姓方，她是故事老師，她很年輕，穿了一件有白色大蓬袖的鵝黃色的衣服，裙子上有兩個鑲了花邊的大口袋，頭上還綁了一根有蝴蝶結的鵝黃色的緞帶，大家都很喜歡方老師。

有兩位小朋友舉手。一個是杜君若，一個是文彥彥。不對，其實還有半個，那半個是黃靖雄，為什麼說他是半個呢？因為他自己沒舉手，反而是坐他隔壁的唐安怡拚命推他，並且說：

「老師，老師，黃靖雄有個故事哦！他有個大象的故事！」

黃靖雄卻扭來扭去，說：

「不行啦！那個故事不好聽啦！你討厭啦！」

坐在黃靖雄另外一邊的黃新基也說：

「他那故事真的不好聽！我聽過，我不要再聽！」

方老師就叫杜君若先講，杜君若好像事先已經準備好了，因為她今天穿得特別漂亮。哎呀，她那件裙子底襬上也有好多花邊呢！而且，她的頭髮左右都有髮夾，髮夾是一對小蜜蜂哦。

文彥彥有點生氣，他想，唉，討厭，這些女生，要講故事就講嘛！幹麼還要去穿那麼漂亮，早知道我也去打個小領花。不過，算了，穿得普普通通也沒什麼啊！只有女生才會那麼討厭，才會為了講故事而穿漂亮！

杜君若講的是一隻小山羊和一隻小綿羊的故事，她講得不錯，她還學羊叫，把大家都逗笑了。但文彥彥卻一直在想，她所學的咩咩叫聲是一樣的，不知道真的綿羊和山羊的叫聲是不是一樣的？不過，唉，算了，女生都沒有科學頭腦，真拿她們沒辦法。

這種問題一時也找不到人來問，也許可以問哈齊齊，他是蒙古人。不過哈齊齊還得打長途電話去蒙古問，哈家在台灣並不養羊……。

杜君若的故事很快就講完了，文彥彥很高興自己是第二個講的，他覺得這樣可以不必急著把時間留給下一位，還挺不錯的。

文彥彥上台的時候帶了一些圖片，方老師似乎嚇了一跳。文彥彥的圖片是昨天爸爸對著電視拍的，拍完了，透過電腦取出了紙片，文爸爸又自己把紙片護貝了，讓彥彥帶來學校。不過一開始彥彥沒讓大家看圖片，只問大家幾個問題：

「大家知道什麼叫『溼地』嗎？」

大家愣愣的，不知彥彥在問什麼？

「我們幼稚園的地是乾的還是溼的？」文彥彥又問。

「應該是乾的——不過下雨天也會溼啦！」王美崙說。

王美崙叫王美崙，是因為她媽媽懷孕的時候，很想念住在花蓮的阿嬤，所以就堅持回花蓮看阿嬤一趟。她自己開車，可能累到了，結果美崙就早產了兩個禮拜。本來她的生日應該是九月一日，結果卻在八月十四日出生了。不過，如果不提早出生，她就不能跟她親愛的同學，像哈齊齊或唐安怡或連雅文同班了！而且，她現在還會在中班，王美崙為這一點很高興，她更高興的是她跟媽媽一樣出生在花蓮，花蓮有座山叫美崙山，美崙的名字就是這麼來的，對了，美崙的阿嬤是阿美族人。

「我第一次聽到溼地的時候，還以為是浴室，浴室的地都是溼溼的嘛！」文彥彥說。

「咦！你是在講故事嗎？」唐安怡問，「溼地是故事嗎？」

「是不是故事我不知道怎麼說，不過，應該很好聽啦！」其實這個問題文彥彥早就想到了，他想，同學平常只愛聽故事。可是故事是「假的」，溼地是「真的」，「真的」不是更該聽嗎？只是如果他們不愛聽怎麼辦呢？

「你們看，這張圖片，很漂亮吧？」

「這是翡翠鳥，我知道，」陳旭光說，「長得紅紅綠綠很漂亮哦！但是，你不是要講溼地嗎？」

「對，我要講溼地，但我先給你們看看鳥。你們想，這麼漂亮的鳥當然要有漂亮的家啊！水鳥的家就是溼地。你們仔細看，這隻翡翠鳥下面霧濛濛的地方就是溼地了。」

「你左手拿的那張是什麼？」連雅文問。

「是一種魚，叫和尚魚，很多年都沒看到了，我們不能看到牠，是因為牠們沒地方住，後來政府把河岸的垃圾清了，讓河岸邊上有水又有草，牠們就回來了！」

「奇怪，是誰去告訴牠們現在河岸上有水又有草？」陳旭光又問。

「我猜是因為牠們自己很聰明，牠們自己到各處去找好環境——牠們又沒有手機可以打聽。」

「啊！我想起來了，」哈齊齊說，「我去過一次蒙古草原哦！我爺爺的妹妹帶我去的，就是我姑奶奶啦！蒙古草原到處都乾乾的，可是也有溼地哦，碰到溼溼的地就漂亮得不得了，水裡還有野天鵝在游泳哦！」

「哇！這麼好！」文彥彥忘了自己是講故事的人，竟然大叫了一聲，「下次你姑奶奶叫你去的時候，你也要叫我一起，她肯不肯帶我？我自己出飛機票錢！」

「哇！你這麼有錢！」這一次說話的是李子欣，他平常話很少。

「不是啦，我可以做家事賺錢。」文彥彥有點不好意思。

「蒙古沙漠上熱不熱？我也好想去哦！」說話的同學是林從善，他有一點兔脣，下個月要去開刀，平時不愛說話，現在居然也發問了。

「蒙古沙漠有點熱，」哈齊齊說，「但有水草的地方卻很涼快，不過，有一點很可怕，你們去了會受不了！那就是有很多蚊子，你一張口說話，蚊子就都跑進嘴裡去了，嚇死人啦！不過，不過好在只有七月份有蚊子，八月就沒有了。」

「哎呀！這，你就不懂了，有蚊子，對溼地來說是好事啊！」文彥彥說，「有蚊子，小魚才有蚊子的幼蟲可以吃，魚吃胖了，天鵝才有東西吃——而且如果附近有蝙蝠的話，蝙蝠也會覺得有蚊子吃很幸福喔！」

「哦！我想起來了，上次有個奇怪的立法委員在電視上講話，」連雅文也很興奮，「人家說要保護溼地，他就罵人家，他說『什麼溼地，什麼白鷺鷥！那塊地有什麼好，白鷺鷥，那裡的蛇比白鷺鷥還多呢！那麼多蛇的地方，有什麼好？』結果有個專家就笑了。專家說，『哎喲，委員呀，這你就外行了，在我們做環保的人看來，一塊地上如果有蛇，那就太好了。有蛇表示鷹類就有食物了，有蛇代表那塊溼地是塊好溼地，生態很完整，值得好好保護哦！』」

「啊！很好，」文彥彥好像找到知己了，「看來連雅文也很懂溼地呢！我們大家都來關心溼地吧！」

「可是我們是小孩子，我們怎麼關心溼地？溼地又不歸我們管！」唐安怡問。

「溼地雖不歸我們管，」哈齊齊站了起來，嗓門也大了起來，「五十年後總統副總統都死了，用這塊土地的人是我們小孩子啊，還有我們生的小孩子啊，當然我們應該要來關心了。」

「關心？怎麼關心哪！」陳旭光有點不屑，「大家都只會說！」

「我也不知道怎麼做，」文彥彥看來有些沮喪，「但譬如說，我們排個戲，演給中班和小班的看，或者在畢業典禮時演給爸媽看，說不定有些爸媽就是當大官的人，或者他們的朋友是當大官的人，他們聽了我們的建議就明白了，知道溼地雖然看起來溼溼的，但千萬不可以把它填起來蓋房子，這樣是會破壞環境的……。」

「蓋個房子，都不行嗎？」

「對，我們的環境需要有溼地，我們的政府和人民以前都不懂，把很多溼地用乾土亂填掉了。現在開始，我們不能再破壞環境了！」

「不破壞環境是為了鳥嗎？」黃新基說，「沒關係，澎湖有很多鳥，我上次回去看到的……」

「不僅為鳥……」文彥彥急了。

「我阿嬤是原住民，我阿嬤說，她聽她阿嬤的阿嬤說，漢人沒來台灣之前，台灣是很美麗的。」王美崙說著就走到台上去了，和文彥彥站在一起，「那時天上有很多鳥，水裡有很多魚，山上有梅花鹿、水鹿，山高的地方還有雲豹。我阿嬤的阿嬤說，哇，雲豹的眼睛美到不行……」

王美崙的眼角溼了，文彥彥的眼角也溼了。

文彥彥很氣自己，他沒有把故事講好，好像沒讓大家感動，場面又亂，時間也到了，他今天想做「勸說天使」，卻沒有做成功。

但是，奇怪，方老師卻在擦眼淚，方老師為什麼哭了，文彥彥有點傻了，但帶著晶瑩淚水的方老師看來多麼像個天使啊！

——選自《誰是天使？》二〇一二年十一月初版，頁八十四—九十四

賞析

張曉風是國內知名、資深的散文家，她在將近七十歲時，為兒童寫了一部短篇故事集《誰是天使？》，該書的主旨是：只要心善、行善，人人都可以是天使！

〈勸說天使〉即選自《誰是天使？》一書，文中談到的溼地事件是確實發生過的事。二〇一〇年時，張曉風曾為了台北南港「二〇二兵工廠」請命，不願看見這塊台北市內難得的生態溼地被改用為國家生技園區。作家把她的生命經驗化為故事題材。

事件的落幕並不如作家之意，但這篇故事留了下來，它不僅有文學價值，也有歷史見證的意義。

作者簡介

張曉風（一九四一——）

原籍江蘇省銅山縣（徐州）。筆名曉風、桑科、可叵，東吳大學中文系畢業。曾任教東吳大學、陽明大學。

二十五歲出版第一本散文集《地毯的那一端》，獲中山文藝散文獎，為至今得獎人中最年輕的一位。另獲國家文藝獎、吳三連文學獎等，並獲選十大傑出女青年。

寫作版圖以散文創作為主，亦旁及劇本、雜文、論述、童書、評述、小說和詩作。著有散文集《地毯的那一端》、《你還沒有愛過》、《再生緣》、《我在》、《從你美麗的流域》、《玉想》、《我知道你是誰》、《星星都已經到齊了》、《送你一個字》、《花樹下，我還可以再站一會兒》及戲劇《曉風戲劇集》、兒童文學《誰是天使？》等。編有《小說教室》，三度主編《中華現代文學大系》散文卷。

心中的魔鬼

楊小雲

這幾天，我覺得很不快樂，心情不大好，做什麼事情都有點心不在焉的，連最心愛的小黃，看起來也不像以前那麼逗人喜歡了。

原因是，我趕不走占據在心中的那個貪心的魔鬼——慾望。它日日夜夜咬著我的神經，攪得我情緒不寧；雖然我很想擺脫它，可是，它卻像皮球一樣，壓力越大，彈得越高，越想趕走它，它越緊緊的纏著我，真是十分痛苦。

最近我們班上同學大家都在收集一種叫「假面特攻隊」的圖卡，將圖卡一張張貼起來，自己編定一本書。每天大家都在談著隊長、一號、二號、V3、老么、阿馬遜、強人這些畫片中的人物，和他們不同的本領，並且和其他同學交換重複的卡片，幾乎每個男生都有一本。丁大衛已經貼滿了一本，現在正在收集第二本。而我，卻連一張圖卡都沒有，只有眼巴巴的看別人的畫冊，或是到文具店去看；前天，在路上撿到三張圖卡，可惜沒有畫冊，不能貼。

好幾次，我想向媽媽開口要二十塊買一本，話到嘴邊，卻怎麼也吐不出來。媽媽要賣多少舊報紙才能賺二十塊？何況還要償還當年爸爸因住院而欠下的債務。要付房租，要付水電費，要買米買油。唉！家裡要用錢的地方太多了，媽媽賺的錢又那麼少，那麼辛苦，我怎麼好意思為了自己的私慾而加重她的負擔？何況二十塊錢只能買一本畫冊送一袋圖卡，最多貼七張，以後每次買一袋，就要五塊，總共需要一百四十四張不同種類的圖卡。要是再加上重複的不算，至少要花一兩百元。還要加上特別向郵局函購補上不足的，唉！唉！對我來講，簡直是天文數字呀。

可是，我實在好喜歡那些圖卡，好想自己編一本《假面特攻隊》呀。好想，好想，好想！

今天，楊台生把他重複的圖卡有五十張之多，全部送給了我，我小心的把它們排在床上，一張張的撫摸著，看著，那些特攻隊員個個本領高強，姿態優美，是象徵著正義的鬥士，和狙殺黨奮戰到底。假如我也能變成特攻隊的一員那該有多好。

對了，我不是有一個竹子的存錢筒嗎？跳下床到床底將竹筒翻了出來，重甸甸的，好像有不少錢呢，有一百多了吧？打開它，拿去買一本畫冊，再買十包圖卡，馬上就可以有一本心愛的畫冊了！心裡的魔鬼大聲的催我，快，快，快去拿柴刀，劈開它！劈開它！快點！

不行哪！有一個細微的聲音在叫著，那是你存了一年多，要用來給媽媽買生日禮物的呀！

不管了，媽媽生日還早，還是先拿來買畫冊吧。這點錢存得很不容易，平常媽媽很少給我零用錢，那裡面的錢，一大半是過年時外婆、舅舅、阿姨給的壓歲錢。一半是由媽媽給我買學用品的錢中省下來的，都是完全屬於我的錢哪。我應該有權自由支配它，買自己喜歡的東西。

可是——那個聲音又響了起來，你不是一直想送媽媽一條漂亮的圍巾嗎？那種滑滑的、柔柔的、淺紫色的圍巾，在百貨公司哩，你看過多少次的那種。

是的，我想過、夢過，那種淺紫色配上媽媽白白的臉，一定非常好看。甚至，我還幻想過好幾次，當媽媽接受禮物時的表情。

可是——心中的魔鬼不耐煩的叫著，管那麼多幹嘛，就是你不送媽媽任何禮物，她也不會怪你的，還是拿去買你想要的東西吧！

畫冊，圖卡；媽媽，圍巾；心裡像在拔河，一下子被魔鬼拉過去，一下子又被良知拉回來。掙扎，再掙扎，猶豫，再猶豫。最後，我嘆了口氣，還是把竹筒放了回去。

——選自《小勇的故事》一九九二年二月初版，頁五十一—五十五

賞析

這篇故事的情節很簡單，通篇所講的是一位兒童為了要不要花錢而苦惱，這樣的經驗，許多兒童都有過。

管理財富是要學一輩子的事。小朋友的零用錢不多，但日積月累存下來，也會是一筆小錢。花錢容易存錢難，節省一年才累積的儲蓄，往往不用一分鐘就花掉了。這時所花的就不是那筆金額而已，還包括那段省錢、存錢的時間。要不要花這筆錢？確實令人掙扎。

本篇作者楊小雲是資深小說家，除了寫給成人的長、短篇小說，她也寫了不少兒童故事及少年小說。這樣一個簡單的故事，她卻寫了一千多字，這就不是件簡單的事了。

作者簡介

楊小雲（一九四三——）

筆調溫柔敦厚，委婉細緻，創作多元，有小說、抒情散文、兒童文學等多種風格的創作。創作量驚人，出版作品多達五十幾本。她的小說細膩、感人，曾多次搬上螢幕改編為電視劇，感動無數觀眾的心。

曾榮登金石堂書店年度十大暢銷女作家。曾於中華日報、自立晚報……撰寫專欄多年。作品曾獲「中山文藝獎」、「中興文藝小說獎」的肯定。著有小說《水手之妻》、散文《愛戀中妳的男人常犯的錯誤》、《人緣．情緣》、小品文《每天給自己一個希望》系列、兒童文學《胖胖這一家》、《小勇的故事》、《豆豆的世界》、《我愛丁小丙》、《嘉嘉流浪記》、《小瑩和她的朋友》等。

超人特攻隊

侯文詠

終於，超人特攻隊又擊敗了宇宙魔王，成功的把他趕出阿爾伐星球，拯救了所有的居民。可是宇宙魔王並沒有被消滅，他還會捲土重來，因此明天下午五點半，我們必須準時的收看勇敢的、堅強的——超人特攻隊。考試不及格、晚飯來不及吃都沒有關係，可是如果你不看超人特攻隊，明天上學，你就不懂別的小朋友到底在說些什麼了。

儘管我這樣說，你一定還不明白超人特攻隊到底多偉大，可是那沒有關係。包括我在內，我們全班的男生都是瘋狂的超人迷。據媽媽說，我現在的夢話已經變成這樣：

小朋友，買瓜瓜，送超人，集滿超—人—特—攻—隊，就送超人一個。多買多送，其他還有一萬一千一百個大獎等著你……

超人模型是只送不賣的。它不但可以組合變形，上天下海，還可以配備各種模型武器。尤其是它的胸膛有紅色的雷射閃光，每當超人特攻隊要主持正義、消滅敵人時，紅色閃光就會動起來，發出碰—碰—的聲音。一聽到聲音我就興奮得不能控制，一定要起來跳一跳，也跟著叫，碰—碰—碰，這樣才過癮。

我一心一意把所有的零用錢都存下來買「瓜瓜」。現在什麼冰淇淋、奶昔、沙其瑪我已經都戒掉了，我驀然發現自己從前多麼奢侈浪費。可是儘管如此，我收集的速度仍然太慢了。你看超人特攻隊每天都在消滅敵人的基地，我卻好幾天才能買一包「瓜瓜」。

媽媽就不明白超人對人類偉大的貢獻。她總是問：

「我不懂那些爆米花有什麼好吃？你要真的喜歡，我明天買一大箱回來爆。」

「哎喲，媽，」我趕緊回答她，「人家買瓜瓜送超人特攻隊，你又沒有。」

「你看你每天都看超人特攻隊，功課得乙下，要是你好好寫功課，得個甲上，媽媽送你機器人。」

「媽，是超人特攻隊，又不是機器人。那沒有在賣的啦。」

「超人特攻隊有什麼好？」

你看，大人就是這樣。他們永遠弄不清楚重點。像我媽媽，隨便買一套衣服就是五千塊、一萬塊，但她卻專門租悲哀的錄影帶來看，每次看到女主角很可憐，窮得沒有衣服穿，沒飯吃，她就一直哭，一直哭……

總之，不管如何，我決定憑自己的努力，來換取超人模型。別看收集超—人—特—攻—隊很簡單，有時雜貨店的「瓜瓜」被別的小朋友買光了，我們還得辛苦地到處去問。買來也不是拆開就算了。有時你剛好有兩張「特」，可是沒有「攻」。於是就得費力去找一個剛好有兩張「攻」，卻沒有「特」的人交換。這些都不是想像中那麼容易的事。

慢慢，我們發現了一項事實，那就是大部分的男生手上都擁有了「人」「特」「攻」「隊」，可是「超」一直沒出現過。我想起電視上廣告某種廠牌的冰箱有種特別的殺菌燈裝置，平時可以滅菌，但只要冰箱一打開，為了保護人體自動就熄滅了。問題是我們怎麼證明廣告是不是騙人呢？因此，有時候我懷疑我們都被騙了，如果廠商根本沒印「超」的話，我們永遠也不會知道。

有一天，莊聰明鬼鬼祟祟跑到我身邊說：

「我有一個超喔。」

「你有一個什麼超？」

「就是勇敢的、堅強的——超人特攻隊。」他比了一個發威的動作，看起來好像猴子搔癢。

「啊——」我睜亮了眼睛。

「噓——」他很神祕的把食指放在脣上，緊張的左右觀望。

「你是說，勇敢的、堅強的——超人特攻隊？」我也比了一個超人發威的動作。

看到他點點頭，我又興奮起來了。我靈機一動，發現我們必須充分合作。我不但把故事書借給他，請他吃冰淇淋，還幫他掃地，甚至約定將來超人到手，我們輪流各擁有一個禮拜。

這一切似乎都很美好，除了莊聰明的「超」一拖再拖之外。他不是換了一個新的安全地點，就是又忘了帶來。漸漸，我實在按捺不住了。便問他：

「你的超到底要不要拿來？」

「我又沒說不拿來。」

「那就趕緊拿來啊。」

「我是要拿來，可是沒說哪一天。」

說著說著我們便吵了起來。通常只要有人吵架，立刻會圍上一堆人，忙著煽火、起鬨。這次很奇怪，人是圍了一大堆，可是大家都抱著手不說話，死盯著莊聰明看。

正吵得不可開交時有人站出來說話了：

「莊聰明，你到底要不要把超拿出來？」

我正覺得納悶時，另一個聲音又說：

「把我的冰淇淋、橡皮圈還我。」

「還有我的彈珠、撲克牌。」又有另一個人抗議。

「莊聰明騙人。」

不得了，原來莊聰明欺騙我們所有人的感情。我們氣得去報告老師。可是老師來了，他仍然振振有辭的說：

「是他們自己要請客，我又沒有向他們要。」

老師問清楚了來龍去脈，便捺著性子說：

「莊聰明，既然這樣，你把『超』拿來給大家看，表示你沒有騙人。」

看他楞楞不說話，一張臉像條死魚，老師便開始說了一則華盛頓砍倒櫻桃樹的故事。看他沒什麼反應，老師又說了許多偉人勇於認錯的故事。正說到沙漠的駱駝隊遺失了一顆珠寶的時候，莊聰明終於說：

「老師，我錯了。」

大家激動的拍桌子，又叫又鬧。我氣得把橡皮擦丟出去，我看見莊聰明難過得眼淚都流了出來。我也快哭了，因為橡皮擦正好打在老師臉上。

後來莊聰明足足掃了一個學期的廁所。他早忘記那天他流眼淚的德行，總是拿著掃帚又叫又跳：

「勇敢的、堅強的──超人特攻隊。」

我們看見了都覺得又好氣、又好笑。從來沒有聽說過超人還要掃廁所的。

經過這一次事件，似乎大家都不太相信集滿超人特攻隊，送超人一個這件事。可是我們不死心，有一天，我買了一包「瓜瓜」，打開彩券，正準備丟掉──可是我的心臟抽動了一下，我看到的是一個「超」字，我揉揉眼睛，真的是一個「超」字沒有錯。

「哎呀，是一個超──」我叫了起來。

班上同學都圍過來看。「真的是一個超──」讚嘆的聲音此起彼落。我高高興興的將「超」「人」「特」「攻」「隊」裝入信封，填好回郵資料寄給廠商，心裡充滿美好的期待。不但如此，隔天，班上又可以聞見爆米花的香味，似乎大家對超人特攻隊又再度掀起熱潮。

「將來你的超人模型一定要借給我玩一下，好不好？」幾乎每個人都對我提出要求，我變成了班上最有社會地位的人。

超人模型寄來那天，我正在家裡收看超人特攻隊。我拆開包裝，掉出一個小小的塑膠玩偶，我本來以為裡面還有東西，可是卻空空如也。我仔細看那個塑膠玩偶，是有點像超人沒錯，可是和我心目中的想像完全不同。後來廣告出現，我仔細對照，的確是超人，可是我手裡這個感覺小很多，並且要用手拿著才能飛天下海。碰－碰－碰也必須我自己叫。更不用說那個紅色的雷射光了。

起初我的確有點失望。可是漸漸我找到了一些新的樂趣。尤其是看到班上同學那種熱烈又渴望的表情。我不敢把我的失望告訴他們。因為他們不但不會相信，而且私底下一定會認為我太驕傲。他們總是問：

「你為什麼不把超人模型帶來給我們看？」

「哎呀，不行，我妹妹玩得愛不釋手，再過幾天嘛。」我就裝模作樣的回答。

「說說那個模型給我們聽嘛。」

「堅強的、勇敢的——超人特攻隊。」我作了一個超人發威的動作，聞到教室裡一片爆米花香。大家興奮的站起來，跟著又叫又跳。

上課鐘才響，又有兩個傻瓜，各抓著一包「瓜瓜」，上氣不接下氣的衝了進來。

——選自《頑皮故事集》一九九二年二月初版，頁七十六—八十六

賞析

本篇選自侯文詠的《頑皮故事集》，全篇幽默逗趣，不愧書名「頑皮」二字。有趣的故事人

人愛聽，尤其是兒童讀者。

除了故事本身有趣外，作家說故事的功力也是故事成功與否的關鍵。本篇是一個「集點換贈品」的故事。故事中提到「超」字一直沒出現過，這是商家的經營策略，若是其他作家來寫，很可能話鋒一轉，藉此提醒兒童不要沉迷於集點。但侯文詠卻讓故事中的「我」終於得到「超」字，而「我」換得超人模型後雖然失望，並未把失望分享給同學知道，任由同學們繼續當傻瓜，成了「我」的新樂趣。

故事層層推進，引人入勝，沒有任何說教。侯文詠的頑皮，非常徹底。

作者簡介

侯文詠（一九六二——）

台灣嘉義縣人，台大醫學博士，目前專職寫作。

出版有長短篇小說與散文：《頑皮故事集》、《淘氣故事集》、《我的天才夢》、《白色巨塔》、《大醫院小醫師》、《離島醫師》、《危險心靈》、《沒有神的所在：私房閱讀《金瓶梅》》、《不乖：比標準答案更重要的事》等。

童話卷

前言

童話是具有幻想性、趣味性的兒童故事。童話可列入廣義的故事類，但在學術上，通常將它獨立成一類。

童話有時會與少兒小說中的奇幻小說近似，但童話的性格鮮明，一般情況下，兩者不致混淆。超現實、有魔法、趣味盎然、無奇不有的特質，讓童話成為大多數兒童最愛讀的文類。

童話有「古代童話」與「現代童話」兩大類之說。以西洋童話為例，古代童話的代表人物是德國的格林兄弟，他們曾採集各地童話與民間故事，改寫成兩百多篇可讀性高的文字定本。格林兄弟是《格林童話》（一八一二年）的整理及編寫者，並非原創者。

現代童話的代表則是丹麥的安徒生（一八〇五—一八七五）。安徒生也有少數作品是古典童話的改寫，但他更重要的貢獻是創作出一百多篇新童話，有「童話之王」的美譽。

本卷共收九篇童話，分別是：傅林統〈超人七兄弟〉、黃海〈玻璃獅子〉、管家琪〈奇幻溫泉〉、王淑芬〈一個國王的故事〉、黃秋芳〈床母娘的寶貝〉、林世仁〈吶喊森林〉、周姚萍〈小魔女淘淘和淘淘雲〉、亞平〈雪藏三明治〉及楊隆吉〈趕快酥〉。其中傅林統的〈超人七兄弟〉改編自傳統民間故事，而其他八篇則是童話家的原創。

兒童文學作家書寫多種文類的情況很普遍，有人兼寫童詩及散文，也有人兼寫故事與小說。但大多數的兒童文學作家都曾寫過童話，童話幾乎可視為兒童文學作家的身分證。

台灣童話成就斐然。自二〇〇三年開始，九歌出版社即創立《年度童話選》，每年替台灣童話的成績留下紀錄。其他兒童文學文類尚未能做到這一點，由此亦可見童話在台灣兒童文學中的重要地位。

超人七兄弟

傅林統

月亮什麼都知道，因為她看得見天上、人間、魔界。

她在天上、人間、魔界，都看到了「超人」，是很不一樣的「超人」呢！

在人間，月亮看見一對夫妻求神問卜想生寶寶。虔誠的妻子懷孕了，腆著很大很大的肚子，生下了七胞胎。一模一樣，分不出彼此的七個孿生兄弟呀！

七兄弟的爸爸，夢中見了仙翁，給孩子取名字：大頭一、長手二、硬頸三、韌皮四、畏寒五、長腳六、深目七。

好奇怪的名字啊！

七兄弟長大了，是乖巧、健康、伶俐的少年哪！

有一天，媽媽生病了，病得很重。躺在床上瘦得不像人樣。

仙翁又在爸爸夢中出現，說：「媽媽的病吃火鳳凰的蛋就會好。」

火鳳凰在哪裡？在魔界的火山島，魔王派魔將鎮守的火焰山。

無所不知的大頭一說：「老二有辦法！」

長手二忽然發現自己的手不斷的伸長，竟然伸到魔界的火焰山，摸到了火鳳凰亮麗的彩色蛋。

月亮看見了，興奮的給長手二鼓掌叫好，這一叫，不好了，叫醒了打著瞌睡的魔將。

長手二很快的縮回了手，魔將隨後追了過來，不過哪裡追得上長手二的手呢！媽媽吃了火鳳凰蛋，病好了，健康了，快樂了。

可是，魔王和魔將找上門了，魔王指著大頭一說：「你眼睛咕嚕咕嚕的轉，一副不老實模樣，一定是個偷蛋賊！」

大頭一被抓到魔城去，到了城門，大頭一的頭忽然像吹氣球似的膨脹起來，再大的城門也進不去。

魔王說：「就在城外斬首算了。」

大頭一聽了，心中有數，卻裝著可憐相說：「斬首沒話說，但希望臨死前回家拜別父母。」

魔王心裡很不情願，可是天上的月亮在向他眨眼，也就勉強答應了。

大頭一回家，換硬頸三來，魔王認不出，再怎麼揮舞魔劍，也傷不了老三，氣急敗壞的說：「砍不了頭，剝你的皮！」

硬頸三說：「魔王啊！身體髮膚受之父母，不敢毀傷，孝之始也！就讓我回家拜別父母吧！」

魔王看見月亮又向他擠擠眼，只好勉強答應了。

硬頸三回家換韌皮四來，魔王磨刀霍霍刺向老四，怎麼也刺不進、刮不傷，魔王氣沖沖的說：「丟進油鍋看你還能怎樣！」

韌皮四回家換畏寒五來了，油鍋滾燙，只是老五怕冷不怕熱，還笑嘻嘻喊著：「好舒服呵！再燒燙點兒吧！我就是喜歡又熱又燙呢！」

魔王再也不理會月亮，憤怒的跳腳咆哮，抓起人就向大海拋去。他萬萬沒想到長腳六早已經替代了畏寒五。

長腳六的腳突然變長，悠然的站在海中招呼海豚帶路，觀賞海底美景去。魔王不顧一切，掏出懷中暗器扎向長腳六的眼睛，還惡毒的說：「叫你瞎了眼，還能觀賞什麼海景！」

不過深目七已經在那兒接招了，暗器都被老七深深的眼給吸收了。

魔王一次又一次的失敗，顏面全失，羞愧的轉身就跑，一口氣跑回魔宮，再也不敢出來囂張了。

月亮看見了一切，高興得渾圓的臉更圓更滿了，給合作無間、捧著海產回家孝敬父母的超人七兄弟，一路上照得光明亮麗。

在魔界，小鬼們為了魔王的一道命令忙翻了天。

「趕快給我製造贏過人間七兄弟的超人，不！不！是超級魔鬼！」

叮叮噹噹！叮叮噹噹！魔界的鐵工廠全體總動員，超級魔鬼打造好了，不過只是一具具的機器，是沒心的鬼物，撞毀了魔王的魔宮，折斷了魔王的魔劍，吞沒了魔王的所有暗器，最糟的是，認不出主人是誰。魔王很生氣，叫囂著「重做！重做！」害得魔界的小鬼都得了憂鬱症。

在天上，天人就是超人，人人身懷絕技，來去自如，何止七兄弟！

在天上，國土就是淨土，園林、堂閣、珍寶、天樂，無奇不有。

月亮喜愛那清淨安穩的土地，希望自己能更皎潔明亮，把天上超好、超美麗的景象，映照在人間，使人間也像天上，人人都是超人，都是天人。

——選自《傅林統童話》二〇〇七年五月初版，頁十六—二十二；《九十四年童話選》二〇〇六年三月初版，頁一五三—一五八

賞析

傅林統先生是台灣兒童文學的資深先行者，對傳統民間故事十分熟悉。他除了有原創性的童話，也常對民間故事加以重寫，本篇即是這樣的作品。它既可視為童話，亦可視為民間故事。

在改寫的過程中，作家免不了要增添新意。本篇中的超人與魔王的性格都具有現代感，既保留了舊有骨架，也賦予了時代血肉，使原先的故事變得更立體。

民間故事是童話的豐富泉源，整理民間故事是童話界的重要課題。二十世紀的義大利小說大師卡爾維諾（一九二三—一九八五）就曾整理民間故事，編寫成《義大利童話》（一九五六年），是他的代表作之一。傅林統的改寫具有文學美感，這樣的作品與原創的童話相較，毫不遜色。

作者簡介

傅林統（一九三三—）

台灣桃園人，擔任國小教師、主任、校長四十六年。一向喜歡給兒童說故事、寫故事、帶領閱讀，學生和家長暱稱他「愛說故事的校長」。

退休後仍在桃園市文化局培訓「說故事媽媽」和「兒童閱讀帶領人」，並示範說故事技巧，升級為「愛說故事的爺爺」。

在台灣兒童文學界被認為是縱橫於研究、評論、創作、教學等四大領域，數十年如一日樂此不疲，且卓有成就的工作者當中之一人。

著有《傅林統童話》、《偵探班出擊》、《神風機場》、《田家兒女》、《兒童文學的思想與技巧》、《兒童文學風向儀》、《真的！假的？魔法國》、《變！變！變！動物國》等數十部作品，並主編《九十八年童話選》、《九十九年童話選》、《一〇〇年童話選》。

玻璃獅子

黃海

晚上，安安趁著爸爸、媽媽出去參加宴會時，偷偷的從爸爸的抽屜裡找到一卷他喜歡看的錄影帶：「機器貓小叮噹」，把它放進錄影機裡播映出來。津津有味的欣賞著，忘了爸媽交代的話：「放假的日子，功課做完後才能看錄影帶。」

爸爸、媽媽回來時，安安來不及關機被逮個正著！

「安安！你做錯了什麼事，你知道嗎？」爸爸的臉繃得緊緊的，暴風雨就要來臨的樣子，「你偷拿了爸爸的東西，雖然錄影帶是爸爸租來給你看的，但是我們約定了──放假天要功課做完才准看的，你忘了嗎？太不聽話了！」

安安頭低低的，不敢吭聲。快樂機器人在旁邊小聲的說：「不是告訴過你了嗎？」

安安過去捶打快樂機器人的背，無意中滑了一跤，把酒櫃上的一只古董──玻璃獅子震動掉落地上，斷成兩半。

這下安安可闖了大禍了！爸爸氣呼呼的拿起一把長長的竹尺，要安安伸出手來，打了手心，又打了屁股。

安安哭了起來，直到他睡覺時，還覺得很委屈。

「別哭啦！」爸爸過來安慰他，摸摸安安的頭，輕輕的說：「爸爸小時候還不是一樣調皮，不過，爸爸小時候是沒有電視可看的，更不曾夢想到會有錄影機，就像在自己家裡看電影……你要好好用功，不要給這些東西迷住了……」

安安感受到一股溫暖，從爸爸的手心傳到他身體裡，流動在他心的深處。

快樂機器人在旁邊，朝安安扮了一個鬼臉，說：「我們去看看爸爸小時候吧！就搭時光機器過去吧！你閉上眼睛，好好想一想……讓我們回到爸爸小時候——回到爸爸小時候……」

果然，時光機器不久就出現在身邊了。他們坐上它，快樂機器人說：「這次要時光倒流，回到三十五年前……」

小鎮裡的一家電影院，今天在放映「泰山救美」，一輛三輪車外貼著海報，有人在車裡使用擴音器在向鎮民廣播介紹影片內容，許多小朋友就跟在後面跑跑跳跳，時光機器遠遠的跟著，卻引起有些人的好奇。快樂機器人指著其中一個穿短褲，打赤膊，光著上身的小孩說：「那個叫阿丁的，就是你爸爸！你下去找他吧！別讓他知道你是他兒子。」

安安悄悄的跟在後面，只聽到那個叫阿丁的小朋友，跟身邊的小朋友在交頭接耳說：「今天該我們看電影啦！輪到我們四個人從他們的肩膀爬牆過去了，你們一定會喜歡『泰山救美』！宣傳車說片裡有大象、猩猩、老虎、獅子、猴子……看完後，我們可向同學吹噓一番！」

哦！原來爸爸小時候，也是個調皮鬼，還爬牆進電影院偷看電影！怪不得爸爸常說「泰山」的故事給我聽。

安安坐進時光機器來到破舊的電影院門口守候著，快到了電影放映的時間，那個叫阿丁的和其他六個小朋友都出現了，安安也混在裡面。

「今天進去四個人！」阿丁點名似的一一指著其他三個人。

「我也要進去看！」安安說。

「你是哪兒來的？」阿丁奇怪的看著他。「我們以前沒有見過你……」忽然一怔，上下打量著安安，改口說：「不過，我覺得你很面熟，你為什麼穿著這麼漂亮的衣服、鞋子？你看我們都光著上身哩！」

嘻嘻……安安差點笑出來，卻又感到小時候的爸爸實在太窮酸可憐了，忍不住引起他的同情心。於是他說：「你們讓我進去看一次電影，我就送你們每個人一樣東西，好不好？」於是，每個人都提出了要求：

「我要一件像你身上穿的衣服！」

「我要一雙鞋子！」

「我要一把玩具手槍！」

「我要一盒好吃的糖果！」

「我要洋娃娃！」

阿丁還在思索，想不出要什麼，安安說：「我送你一隻玻璃獅子好了！」

「一言為定！」安安和阿丁勾勾手指頭。

就這樣，安安跟著阿丁，爬上了其他兩個人的身上，踩上他們的肩膀，正要爬牆過去，猛聽得一聲可怕吆喝，有如炸彈般炸開來：

「喂！小鬼！不要命的！小偷才爬牆！」

兩個人唏哩嘩啦滾下來，下面的四個人原來分成兩組，面對牆壁，突然因為站立不穩，也摔得人仰馬翻。

一群人被帶到戲院老闆那兒訓了一頓，每個人的頭都低低的，有如洩了氣的皮球般，再也調皮不起來。安安暗暗好笑。

大家都出來了以後，快樂機器人從時光機器裡取出一大堆的禮物分贈給大家，有衣服、鞋子、玩具手槍、糖果、洋娃娃等。快樂機器人看起來只是個普通的小朋友，大家都不知道他是一具超級機器人，他能聽到一般人所聽不到的聲音，因而很快的準備好了禮物。

「為什麼發給我們禮物呢？」阿丁奇怪的問：「我們並沒有幫上忙呀！還讓你也跟著挨罵呀！」

一具透明亮麗的玻璃獅子，就塞到阿丁手裡。安安說：「這是給你的，阿丁！我答應給你的禮物，我叫安安！是你的好朋友！」

阿丁的眼神茫然，好像在問為什麼？

「為什麼？」安安了解阿丁的心理，他撒了個謊說：「我就是戲院老闆的兒子，我爸爸希望我能感動你們這些頑皮的小孩，不要再爬牆，還拿了這些禮物要我送給你們。」

「嚇！」阿丁的眼睛瞪得有如彈珠般圓。

「真有這回事？」其他小朋友，也不約而同怪叫起來。

「我真笨！」阿丁跺跺腳，還用手掌打自己的腦袋說：「既然你這麼有錢，穿著這麼好，可以送我們東西，怎麼可能沒錢買票看電影？還和我們一起爬牆！」

「對啦！我們應該早就想到這一點。」另一個也應答著。

「嘿！說不定他就是故意摔下來的！」還有一個說。

安安不好意思再聽下去了，說了聲再見！拔腿就跑，溜之大吉，免得穿幫。

安安醒來的時候已是早上，時光機器已不在身邊，快樂機器人坐在床邊對他微笑。這時候爸爸手裡拿著那隻昨晚被摔破的玻璃獅子走了進來，好像有什麼心事似的。

「爸爸把玻璃獅子用接著劑黏好了！」爸爸很難為情的說：「你知道爸爸昨晚為什麼那麼生氣嗎？有件事爸爸始終沒告訴過你，爸爸小時候也很頑皮，這隻玻璃獅子就是我小時候爬牆偷看電影被捉到，戲院老闆的兒子送我的，叫我以後不要再幹那種事，這是件寶貴的紀念品呀！」

「那個送你玻璃獅子的小孩叫什麼名字？」安安問。

「他叫安安！」爸爸說：「因為他給我的印象很深刻，所以你媽生你時，我就把你取名叫安安，就是為了要紀念他。」

安安把那隻玻璃獅子拿過來，不斷的撫摸著，眼淚不知不覺的掉了下來，滴在玻璃獅子上面，閃閃發光，他抬起頭來，也看見爸爸的眼眶裡，有水亮的淚珠在閃閃發光。

快樂機器人的兩眼快速的眨了眨，把這一幕景象拍下來，存進他的記憶系統裡。

——選自《時間魔術師》一九九二年二月初版，頁一〇五—一一五；《黃海童話》二〇〇六年十月初版，頁五十四—六十二

賞析

黃海是國內資深的科幻文學作家，除了寫給成人看的科幻小說，他也寫適合兒童看的科幻童話及科幻小說。科幻童話的幻想必須建立在科學知識上。本篇既可視為科幻童話，亦可視為少兒科幻小說。

這篇童話寫主角「安安」搭乘時光機器回到父親小時候，是科幻文學典型的時光旅行故事。題材不算新奇，但作者在情節中注入深情，讀來仍令人感動。

本篇寫於一九八九年，文中提到租錄影帶回家看，是當時的社會狀況。而父親（阿丁）小時候在小鎮的電影院爬牆偷看戲，也是一九五〇年代台灣的樣貌。雖然這些情景已經不再，但人類的感情、親情卻是永遠不變的。

作者簡介

黃海（一九四三——）

台灣師範大學歷史系畢業。聯合報編輯退休；退休後兼任靜宜大學、世新大學「台灣文學」「科幻文學」講師，東吳大學「科幻與現代文明」講座；倪匡科幻獎、U19科幻小小說獎、教育部文藝創作獎等決審委員。曾兼任兒童月刊主編、科學兒童周刊主編。

從事文學創作數十年，作品涵蓋成人文學與兒童文學領域、科幻文學與傳統文學的文類。他是台灣唯一以科幻作品獲得國家文藝獎（舊制）、中山文藝獎的作家。

著有《時間魔術師》、《黃海童話》等作品。

奇幻溫泉

管家琪

「『湯』是什麼意思啊？」老虎問。

「真奇怪，」斑馬說：「報上不是說是什麼溫泉嗎？怎麼這個招牌上只寫了一個『湯』字呢？」

「地址沒搞錯吧？」老虎又問。

老虎和斑馬看著面前一塊嶄新的大招牌，歪著頭，仔細研究。他們都是看到報上「奇幻溫泉新開幕！」的廣告興致勃勃的抱了毛巾，想要嘗試一下新鮮的經驗。可是這會兒，招牌都看不懂，兩人都不敢進去。

「嘿！怎麼傻楞楞地站在這裡，快進去啊！」金錢豹剛巧也來了。他手上也抱著毛巾，一看就知道也是來泡溫泉的。

「我們正在研究什麼叫做『湯』。」老虎說。

「哎喲，你們這兩個老土！」金錢豹大笑：「『湯』就是溫泉嘛！」

斑馬有點懷疑。「你是說——這裡就是『奇幻湯』，『奇幻溫泉』？」

「對啦！不會錯的。」金錢豹說完，就先領頭進去了。

不一會兒，三個人全部泡在「奇幻溫泉」裡。

他們都假裝閉目養神，專心享受溫泉，其實，心中都不約而同的窮嘟囔：「唉！好擠唷！要是現在是我一個人享受的話，該有多好！」

除了擠，泡溫泉的感覺倒是挺不錯。廣告上說，泡「奇幻溫泉」會讓人覺得「身心舒暢，從頭到腳煥然一新」，看來果然是真的。

過了好久，老虎泡夠了，站起來說：「我要先走一步，你們慢慢泡——哎呀！」

老虎突然尖叫起來，嚇得斑馬和金錢豹趕快睜開眼睛，想知道是怎麼回事。天啊！這真是非同小可，老虎居然變成光溜溜的，身上的斑紋統統不見了！

「嘩！」斑馬和金錢豹立刻也跳起來——不得了，他們身上的斑紋也不見了！

「怎麼辦？」老虎哭喪著臉：「我的寶貝花紋哪！」

「我看，咱們繼續泡泡看，也許待會兒又會有變化。」金錢豹說。

「好主意。」斑馬附議。

於是三人又擠在一起，緊張兮兮的泡在溫泉裡。

過了好久，三人站起來一看——這回，斑馬的斑紋跑到金錢豹身上，金錢豹的斑紋又跑到老虎身上，老虎的斑紋則跑到斑馬身上。

不行，再泡！

又泡了半天，金錢豹的身上長了老虎的斑紋，老虎身上……。

他們就這樣從早上泡到下午，再從下午泡到晚上。三個人都不喜歡「從頭到腳煥然一新」的改變，都想找回自己原來的斑紋。

現在，他們倒是不覺得擠了，只想一起泡回自己的花紋。

就在他們泡得頭暈眼花、眼淚都快滴下來的時候，奇蹟出現了！三個愁眉苦臉的傢伙終於又奇蹟似的找回自己的斑紋。

他們把這個神奇又可怕的經驗，寫在「客戶意見調查表」上，希望「奇幻溫泉」的老闆設法改善。

從此，「奇幻溫泉」就有了「老虎湯」、「斑馬湯」、「金錢豹湯」，還有「鱷魚湯」、「烏龜湯」、「花鹿湯」……，總之，不再是「一鍋湯」了！

——選自《管家琪童話》二〇〇六年六月初版，頁三十八—四十二

賞析

管家琪長期寫作童話及少年小說，質量俱佳，在兩岸的兒童文學界都獲得肯定。

老虎、斑馬與金錢豹是三種斑紋既美麗又具特色的動物，如果他們的斑紋互換，一定有趣到不行。而冬天泡溫泉雖是享受，泡久了就變得不好受。奇幻溫泉讓老虎、斑馬與金錢豹的斑紋大亂，他們為了把斑紋泡回自己身上，不得不「泡得頭暈眼花、眼淚都快滴下來」。想像一下這些畫面，會讓讀者大樂。

每隻動物都有屬於自己的特色，自己的斑紋還是最好的。幽默的故事背後，仍有人生哲理在其中。

作者簡介

管家琪（一九六〇——）

出生於台灣台北，祖籍江蘇鹽城。輔仁大學歷史系畢業。曾任民生報記者。專職寫作至今已逾二十年。目前在台灣已出版的童書逾三百冊，在中國大陸等地也都有大量的作品出版。曾多次得獎，譬如金鼎獎、德國法蘭克福書展最佳童書等等。作品曾被譯為英文、日文、德文及韓文，並入選兩岸三地以及新加坡的語文教材。經常至各地中小學與小朋友交流閱讀與寫作，每年並前往馬來西亞帶小朋友寫作營，都廣受歡迎。

著有《長不大的女孩》、《一張遲到的明信片》、《黃金少年》、《台灣小子在南京》、《管家琪童話》、《誰要零鴨蛋》、《藍色記憶箱》、《憨先生與酷小姐》等書。

一個國王的故事

王淑芬

我是個童話作家，我的任務是說好聽的故事：

從前從前，有個國王，他和美麗的王后，生下一個可愛的公主……

忽然間，不曉得從哪兒冒出來的，真的有個戴著王冠的國王在我面前出現了。只見他腳穿溜冰鞋，汗流浹背，氣喘不已的嚷著：「等一等，等一等，國王來了！」

我連忙向他解釋：「恐怕有些誤會，這個故事是關於一個公主……」

話還沒說完，國王就生氣的跺著腳，然後，從口袋裡拿出一張白紙，遞給我，上面寫了三個字：

抗議書

「我不是一個自私的人。」他站得挺直，很有國王的威嚴。「只不過由古至今，一直到你這個故事為止，從來就沒有一個故事是專講國王的，要有，也是個不穿衣服的笨蛋國王；老是王后啊，公主啊，頂多在故事開始和結束時，讓我出來亮一下相。你說，這公平嗎？」

國王說得有些激動：「當然，用『會溜冰的國王』做故事主題的，更是沒有！沒有！沒有！」

「王后很美麗，公主也很可愛。可是，會溜冰的國王也不賴啊。」他看著我，大聲說：「你評評理！」

老實說，我對這件事沒有意見。我只是個說故事的人嘛，只要有意思，什麼故事我都願意說。眼前這位傷心的國王看起來是有點兒意思。

「好，我就說個『會溜冰的國王』吧。」

各位朋友，現在，讓我開始說故事吧：

從前從前，有個國王，溜冰的技術真不得了，他會溜到東、溜到西、溜到南、溜到北……

「你別瞎說！」國王打斷我的話。「溜冰是一門高深的藝術，不是隨便溜來溜去。」

我只好招認：「關於溜冰，我是門外漢；我根本不會說這個故事。」

國王拍拍胸脯：「簡單，你來編，我在一旁補充。」

「嗯，好吧。」

國王每天穿著溜冰鞋，在王國內滑過來溜過去。因為如此，王宮內就不需要駕馬車的人，也不需要養馬的人、洗車的人。這些人，通通換工作了，改當修路的人、做輪子的人、保養溜冰鞋的人、陪國王溜冰的人……

「停！停！」國王又打斷我的故事：「你忘了，這個故事是要以我為主角，扯這些人做什麼？」

我點點頭，表示懂了：「好。讓我們來看看國王做些什麼……」

國王「一個人」像一陣輕快的風，每天在大街小巷穿梭。他滑過原野，看看稻子和甘蔗長得多好哇！他溜過海邊，巡視歸來的漁船，是不是有豐富的收穫？他更愛順著斜坡，跟著放學的小朋友一起向下衝。小朋友快樂的喊著：「回家吃飯囉！」

「停！停！」國王大叫一聲。「我是挺喜歡小朋友的，不過，今天得以我為中心，別又扯遠了。」

好吧。

國王溜累了，也想趕快回家吃晚飯。他想到王宮裡香噴噴的雞腿飯，忍不住加快腳步。可是，一不留神，溜冰鞋卡住一顆小石子。「碰！咚！」一聲，他整個身子往前傾。

哎喲！國王摔得好疼，膝蓋上都流血了。他痛得一直哼呀哼呀。

太陽快下山了，成群的麻雀飛過天邊，鴿子也繞過屋頂不見了。國王痛得一直哼呀哼呀。

太陽終於下山了，一顆星星眨巴著眼睛，四周暗了下來。國王痛得一直哼呀哼呀……

「停！停！」國王又打斷我的故事。「就讓他這麼一直哼著嗎？怎麼不見有人來救他？」

我只好解釋：「你不是說要以你為中心，不准扯到別人嗎？」

國王搔搔腦袋，搖搖頭：「破例一次吧。流血過多可不好。」

後來，終於有個賣包子的經過這裡，一見到國王，立刻將他送回王宮。當然，也順便請他吃了三個包子。國王吃下包子，精神好多了。

回到王宮，他坐在床上，看著自己的膝蓋。膝蓋上的血已經凝固了，現在，得趕快消毒，然後擦藥、裹上紗布。國王坐在床上，看著膝蓋，再看看窗戶；看著地板，再看看天花板；看著桌子，再看看椅子……

「別再看了！快去叫醫生吧。順便吩咐侍從把洗澡水準備好。」這次國王忍不住自己「扯」到別人。

國王洗了個舒服的澡，覺得一天的煩惱都消除了。他走向餐廳，門一打開，立刻有香味撲鼻而來。滿桌的美味正等著他呢。

他坐了下來，先喝一口葡萄酒，再嘗一片烤得香酥的麵包；然後是雞腿、菠菜、玉米濃湯，西瓜和冰淇淋。國王吃得十分滿足，很高興的轉過頭去，望望牆壁、望望吊燈、望望花盆……

「停！停！哪有人高興的時候，只會盯著牆壁呢？」國王再一次打斷我的故事。「還有，這麼多食物我哪裡吃得完？還不趕快找王后、公主一塊兒來吃。」

他提醒我：「你知不知道，我的王后高貴大方，公主白白嫩嫩，人見人愛。我最愛跟她們一起吃吃喝喝，飯後再到花園散步。你這是什麼無聊故事嘛，又沒王后又沒公主的。看來，你故事說得不怎麼高明哦。」

我只好恭恭敬敬的向他說聲「對不起」，並謝謝他：「還好有你幫我補充，終於讓這個故事有個完美的結局。」

國王點點頭：「大致上，這個故事我還能接受，下次你別忘了對別人說一說。記住，要以『會溜冰的國王』當主角。」

他收回了我手中的「抗議書」，帶著滿意的表情「溜」回去了。

——選自《王淑芬童話》二〇〇六年十月初版，頁六十七—七十二；《冰糖愛上方糖：王淑芬童話》二〇一七年六月增訂新版，頁六十七—七十二

賞析

古典童話有個常見的開頭，就是：「從前從前，在遙遠的一個國度……」國度裡當然有國王，也有王后及公主。國王的地位最高，但以國王為主角的童話卻比較少。王淑芬發現了這點，寫出這篇「後設童話」——以童話來反思童話這種文類。

後設童話很少見，原因是它的形式相對較複雜（至少包括戲裡、戲外兩個層次），內容也往往較深刻。本篇的主角是位童話作家，與筆下的角色（國王）進行了一次有關童話寫作的討論。國王終究會發現，童話故事不能只有主角、沒有配角。至於誰當主角？要由故事本身來決定。本篇主題有嚴肅性，但寫得很有趣。

作者簡介

王淑芬（一九六一——）

國立台灣師範大學畢業。曾任國小主任、美術教師。曾任公視與大愛電視文學節目顧問與主持。至海內外各地推廣閱讀與教做手工書。已出版「君偉上小學」系列、《不乖童話》、《去問貓巧可》、《我是白癡》、《地圖女孩．鯨魚男孩》、《怪咖教室》、《一張紙做一本書》等童書與手工書教學書五十餘冊，並主編《一〇五年童話選》。覺得童話是種「門檻低、屋頂高」的「易寫卻難寫好」的文類。

床母娘的寶貝

黃秋芳

1 珠珠終於畢業了

終於，要從床母學校畢業了！珠珠好高興，天界的神仙們跟著鬆一口氣。尤其是最疼愛她的老神仙南極仙翁，還偷偷塞給她一株曾經幫白蛇救過許仙的「還魂靈芝草」，當做畢業禮物，要她養在身邊，萬一將來被她照顧的小寶寶出了什麼差錯，緊急時可以派上用場。

「哼，你就是不相信我可以當一個好床母。」珠珠手插著腰，嘟起嘴，想想不甘心，又去扯仙翁那白白長長的鬍子，讓他癢得呵呵的笑起來：「你這麼迷糊，連自己都照顧不了，怎麼可能照顧好一個嬰兒呢？」

「可是我會照顧你呀！」珠珠繞到仙翁背後，拾起他的白頭髮輕輕梳了梳。仙翁瞇起眼睛說服她：「還是做一個小花仙算了！當個動物小精靈也不錯啊！到南極仙洞來替我照顧那對通靈仙鶴怎麼樣？做床母很辛苦耶！你怎麼可能做得好呢？」

對啊！怎麼可能呢？每個神仙都替珠珠捏一把冷汗。從申請就讀床母學校以後，無論她再怎麼努力，只要上過她的課，神仙們就會搖搖頭對她嘆氣：「珠珠啊！你頭上的ＯＫ繃是怎麼一回事？你又在上飛行課時撞傷了，對不對？」

「喂，上課不要打瞌睡！」

「天哪！珠珠把我們變仙術的鳳尾拂塵變不見了！」

「轉錯了，轉錯了，珠珠啊！你要這樣倒回來轉三圈，快點，把鳳尾拂塵變回來！」

床母訓練最重要的「飛行」、「仙術」和「育嬰須知」三種課程，珠珠都學不精。校長只好找珠珠到校長室，用最溫柔的聲音勸她：「珠珠啊！你有沒有想過，如果不當床母，還有哪些工作，是你覺得做起來很好玩的？」

「不，我就是要當床母！」珠珠非常確定，沒有任何一件事可以改變她，她就是要當床母！

記得，姊姊在床母學校畢業時，從校長手中接過漂亮的如意桃木劍，真讓她羨慕極了。這可不像神仙法寶店裡那些大量製造的桃木劍，是由法力高強的王母娘娘和最疼愛小朋友的七星娘媽，在床母學校畢業前聯手施法，為每一個畢業生量身打造，在桃木劍上注入如意變身力，讓劍隨著需要變大變小，就像孫悟空的金箍棒一樣。

那孫猴子真好笑，總是把金箍棒藏在耳朵裡，一抽出來，常常黏著耳屎，髒死了！不像她們這些聰明的床母，把劍縮得小小的，插在頭上當髮簪，到人間保護孩子時，還可以穿上線條簡單大方的床母衣，雪白的，看起來又溫柔又神氣。

珠珠早就下定決心，要當床母，像姊姊一樣永遠打扮成乾淨漂亮的樣子。姊姊的如意桃木劍上刻著，田蜜蜜，那是分派給她守護的小寶寶。她看到姊姊的手指頭沿著字體凹槽上的一筆一畫輕輕劃著，笑容像湖水裡的水渦，慢慢晃開，真不敢相信，在家裡對她凶巴巴的姊姊，也有這麼溫柔的時候。

這實在太神奇了！

珠珠躡手躡腳的跟在姊姊身後，和這些剛畢業的床母們，一起走在開滿法寶店的仙奇路上，張望著各種各樣稀奇有趣的「土地公法寶店」、「花仙子法寶店」、「動物法寶店」、「瘋狂驚奇法寶店」……。

天界裡階級分明的天神、地祇們，都喜歡偷空到這附近擠來竄去。

她還偷聽到姊姊和同學們笑咪咪在討論，床母的主要工作，就是照顧一個孩子，守護他們，教育他們，陪他們快樂長大，直到十六歲為止。珠珠和她們一樣，都很好奇，她們這些床母，真能為所有的孩子帶來幸福嗎？她們的神仙生涯，會因為這些孩子變得更美麗吧？

一走進床母法寶店，珠珠立刻被鮮豔的「崑崙煙火花」吸引，輕輕一撒，滿天煙火盛開；什麼顏色都有的「瑤池螢火蟲」，在黑暗裡晶瑩閃爍；「通明靈火」鋪在牆上，熱呼呼的；天花板上的「玉山雪扇」輕輕搧著，體溫降下，好涼、好舒服唷！

還有好多法寶，可以把小寶寶變漂亮，夾高鼻子的「美美夾」、捲長睫毛的「翹翹捲」、吸小嘴巴的「櫻桃唇」、教眼睛說話的「眨眨球」；香香軟軟的「空氣棉花糖」、帶有草莓味道的「冰糖骨頭」、清潔牙齒的「晶晶小泡泡」；還有在小寶寶出狀況時，隨時派得上用場的七星搖鈴、甘露水、鶴涎丹，以及一大堆的「平安符」、「驅鬼符」、「聰明符」、「好睡符」……，一桶一桶堆在櫃台上特賣。

對著這些好吃、好玩又好用的小法寶，小床母們吱吱喳喳討論起來，到人間上任後，可沒有校長、老師們在身邊，一切都要靠自己，各種各樣的法寶，都可以幫得上忙，買越多越好！

看著她們把所有的打工薪水、獎金，和存了一輩子的壓歲錢都花光，還怕買得不夠，珠珠開始擔心，床母這工作是不是很難？雖然她喜歡神奇的如意桃木劍，盼著把「床母法寶大採購」當作華麗的畢業遊行，可是，她可不知道該怎麼照顧好一個孩子。

她決定偷溜到人間看看姊姊。姊姊低頭輕輕推著搖籃，田蜜蜜在睡夢中發出伊伊嗚嗚的怪聲音，或出現皺眉、微笑、各種奇奇怪怪的表情時，圍在她身邊的大人們就會高興的說，床母又在教孩子了，千萬不要叫醒她，這樣孩子才會學得更多，變得更聰明。

就這麼簡單？推推搖籃，哄哄小孩，這就是床母的工作？珠珠多了一點信心，恨不得立刻畢業，像姊姊一樣，有個聽話可愛的超級娃娃，還能以「好床母」的尊貴形象，被好多好多人感謝。

可是，到底什麼時候才會畢業呢？

她老是飛不好，又在仙術課上出過很多意外。最後一次畢業前的會考，當她準備把烏龍茶變成豆漿時，不小心變出一把大火，燒光仙術老師長長的白眉毛，老師忍無可忍的大吼：「出去，出去！你的仙術課永遠不會及格，零分，我只能給你零分。」

要不是南極仙翁親自出馬來調教她，並且給她機會補考，最後到底要到哪裡去呢？珠珠想都不敢想。終於，真的，要從床母學校畢業了！哈哈，她連作夢時，都會被自己特大的笑聲吵醒。

畢業當天，校長親自為畢業生頒發畢業證書和神聖的如意桃木劍，劍上還刻著即將分派給大家的守護使命。接過桃木劍，珠珠腦子裡一片空白，光想著自己就要變成一個真正的床母了！居然高興到全身顫抖，整顆心拴不住的飄起飄落，直到校長大吼一聲：「喂，珠珠啊！」

「什麼？」她莫名其妙的回過頭問。校長清了下喉嚨，終於，裝出很莊嚴的聲音說：「你得把畢業名冊還給我。」

天哪！她把校長手中的畢業名冊，當作畢業證書拿回來了！

「轟！」地一聲巨響，忽然在腦子裡炸開，珠珠脹紅著臉，在滿屋子的笑聲中，硬著頭皮走回去，和校長交換回自己的畢業證書後，立刻，慌慌張張逃出禮堂。

計劃過好幾年，要和同學們一起去逛仙奇路買法寶的念頭也打消了。媽媽不得已，親自到仙奇路替她採買一大堆法寶回來後，愁眉苦臉的說：「哎呀！神仙們都在問我，你家的小珠珠，終於畢業了，可是，她真能照顧好一個嬰兒嗎？一個真正的嬰兒耶！」

2 孩子怎麼會是這樣的？

不管別人怎麼說，珠珠還是高高興興的上任了！

手握著如意桃木劍，學著姊姊輕輕撫摸著劍上的名字，「曾寶貝」，這孩子真的是她的寶貝。終於，她也可以像姊姊一樣，接受人們真誠的感謝和託付。

每一次偷溜到人間，她都好羨慕已就任的床母。當家裡有小小孩出生，人們就開始拜床母娘，不但固定在七夕和除夕要拜，遇到孩子做生日、生病，或發生任何特殊問題時，都要來拜託床母，他們總是不斷感謝並祈求床母娘：「保佑嬰兒長得好」、「保佑嬰兒會讀書」、「保佑嬰兒夜裡好好睡，白天好好玩。」……

到了七夕傍晚，敬拜床母娘的神聖時刻，人們供上香噴噴的麻油雞酒、油飯和蓬鬆鬆的軟糕，燒三柱香，把香插在床頭隙縫裡，薰得滿屋子香香的。珠珠深深一吸，全身跟著放鬆，就在旁邊床上舒服躺下，迎接一個溫柔而安靜的夜晚。

拜床母不需要放鞭炮，所以，她不用擔心等一下會被鞭炮聲驚嚇，人們焚燒一種叫做「床母衣」的金紙，金紙上印著小巧精緻的衣服、裙子、長褲、鞋子、扇子、梳子、針線剪刀……，為床母娘添加新衣裝飾。躺在床上，享受著這種被人們感謝、膜拜的感覺，感動得自顧自含著眼淚在笑，在睡夢中，珠珠笑咪咪的為自己雪白的床母衣添進金紙上的金邊，很高興，自己終於畢業了！

這時，床頭傳來冷冰冰的聲音：「喂，你怎麼隨便睡到我的床上？我是這兒的床母，這些供品是為了感謝我，不是給你的！」

她整張臉脹得通紅，跳起身，離開甜蜜薰香的床往外逃，冷冷的風一吹來，耳朵邊跟著響起一聲尖叫，姊姊一連串對她吼：「喂，我就知道你一定會耽誤時間！曾寶貝已經生下來了，你這床母居然沒有守在他身邊？發什麼呆？還不快去醫院！要不是剛好在拜床母，我也沒時間偷溜出來找你，以後我真的幫不上忙啦！你可不要再出什麼紕漏了，床母責任重大，要小心，要加油啊！」

姊姊的話像子彈般掃射過來，捲起一陣風，整個人衝過來又急著飛遠，一下子就不見了。

珠珠清醒過來，急急衝到醫院。哇！好多小嬰兒唷！

照著編號，她找到「二十六號」嬰兒床邊，一下子愣在那裡，天哪！這小女孩，看起來比姊姊的田蜜蜜更漂亮、更聰明耶！好幸福！珠珠蹲下身，把臉貼在小女孩嫩嫩的臉上，眼淚嘩啦嘩啦的滾下來，溼溼、鹹鹹的淚水刺痛小女孩，她開始不舒服發出嗯嗯嚶嚶的聲音，想掙脫珠珠的懷抱，珠珠背後有人急急忙忙趕過來：「噯，噯，你這是幹嘛？想欺負我的寶寶啊？」

回頭一看，居然是床母學校同期畢業的同學。珠珠奇怪的問：「這不是我的寶寶，二十六號，曾寶貝嗎？」

「二十六號？怎麼可能？你又搞錯了吧？拜託，我們都畢業了耶！你到底要迷糊到什麼時候？真實的孩子，可沒有讓我們不及格的機會唷！」沒等同學說完，珠珠急急拉出桃木劍一看，糟糕，真的弄錯了！她紅著臉一連聲的道歉：「對不起，對不起，我跑錯了，原來我的寶寶是三十六號，還要再過去一點點。」

珠珠衝到「三十六號」嬰兒床邊，因為剛才在二十六號床邊又高興、又震撼、又掉眼淚，激動的感情一時都用光了，只好靜靜看著小嬰兒張著圓圓、黑黑、亮亮的眼睛，盯著她，一直盯著她。

也許姊姊的田蜜蜜給她的印象太深刻了，她一直沒想過，會分到一個男孩。就在她發呆時，小嬰兒的眼睛忽然不見了，有一張神祕的嘴，張開，再張開，大大的張開，那張大大的嘴，蓋住她全部的視線，只看到深深的喉嚨裡，有幾條鮮紅的血管、筋絡，正用力伸縮，忽然，小嬰兒驚天動的哭號起來。

那聲音這麼響，嚇到幾個孩子，接著，尖叫聲從這裡、那裡，四處響了起來。嬰兒們開始哭鬧。護士衝了進來，整個嬰兒室裡的床母都在瞪珠珠，珠珠一低頭，剛好看到小嬰兒張著好大好大的嘴，深吸一口氣，停頓了下，眼看就要以雷霆聲勢嘶喊出來了，她慌忙掏出「櫻桃脣」想封住他的嘴，沒想到，竟被他一吸氣就吞下，「櫻桃脣」卡在胸口，隨著哭聲擴張、塌下，一張嘴失控的擴大、擴大，擴大……。

滿屋子像一場噩夢。珠珠的耳朵就要聾了，頭也昏昏的，完全沒辦法思考接下來該做些什麼，只能瘋狂的撈著法寶袋，拿出什麼就丟什麼。

她先丟出「美美夾」想夾嬰兒嘴巴，誰知道孩子一掙，夾到下巴，一時像殺豬似的嚎叫起來；來不及停手，她又丟出「翹翹捲」，這下子嬰兒的上嘴唇被捲得像個黑人；接著甩出「眨眨球」，孩子的哭聲開始出現千變萬化的旋律，她想起「眨眨球」原是為了教不會說話的孩子如何用眼睛來替他們說話，原來「眼睛的聲音」是這麼一回事，實在好可怕！

怎麼辦？到底該怎麼辦呢？要不是手忙腳亂到實在騰不出時間，珠珠好想哭。終於，當她丟出鮮豔的「崑崙煙火花」時，轟然盛開的滿天煙火，閃爍著美麗花雨，顏色鮮豔，光點迷人，所有哭泣、尖叫中的孩子，一時都看得入迷。嬰兒室安靜下來。護士們終於有時間吐出一口氣說：「天哪！」、「怎麼一回事？」、「到底是怎麼啦？」

護士們看不到，幾個在學校表現很好的床母，正熟練、專業的安慰她們的寶寶。其他的床母們，有的嘆一口氣；有的對珠珠搖搖頭；有的無情的瞪著她；還有一些七嘴八舌的指責：「你就是這樣，什麼都做不好！」

「校長怎麼可以讓你畢業？」

「嬰兒真的很脆弱，我們做床母的，不能隨便犯錯。」

「你，真的要繼續做下去嗎？」

「你應該早點回學校，申請新的床母，來接手這個工作，你做不來。」……

所有的聲音，不斷繞呀繞在珠珠的耳朵旁，她什麼話都說不出來。只是疲倦的靠在嬰兒床邊，無助地想，孩子怎麼會是這樣的呢？

3 愛的記號

「都換過這麼多醫生了，這孩子的血管瘤怎麼都沒有改善？」曾寶貝的媽媽心情有點煩。曾爸爸親了孩子額頭，笑咪咪地說：「老人家不都說，這些紅血印，都是床母做的記號？一定是我們曾寶貝太寶貝了，床母才會做這麼多記號。」

「床母是兒童的守護神耶！怎麼捨得在這麼嫩的嬰兒身上，捏出這麼多烏青？」曾媽媽生氣的指著孩子的臉：「而且你瞧，胸口那一大片也就算了，居然下巴也有，上嘴脣也有，床母不知道把記號做在臉上很難看嗎？她就不怕影響孩子長大以後的心理發展？」

「醫生都說了，血管瘤只是血管異常增生或擴張的良性皮膚瘤，沒有生命危險，而且百分之八十三的血管瘤，都長在頭頸部，大部分的孩子都是這樣的，你別瞎操心！」曾爸爸摟了下曾媽媽。剛剛還凶巴巴的曾媽媽，一下子又哭了：「怎麼可能不操心呢？醫生不是一直提醒我們，長在眼瞼、鼻子和嘴巴周圍，甚至是口腔內的血管瘤，都可能造成寶寶視力、呼吸和吸吮上的功能障礙，還有一些糟糕的特例，即使經過一次又一次的大手術，也沒辦法改善。你看，我們家寶貝那些印記，正不斷向呼吸道擴張，到底以後他要怎麼辦哪？」

珠珠也湊過來，和他們一起打量著那些擴張的血印，心情非常複雜。

她當然知道，人們在十六歲以後就看不到床母了，如果一個孩子不再相信世界上有床母，眼睛也會老化得看不到一直陪在他們身邊的床母。曾爸爸所以會一直用「床母做記號」來安慰曾媽媽，那是因為，他們都害怕面對孩子的問題，只能用「床母」做藉口來安慰自己。

可是，珠珠常想，曾爸爸如果知道，無論是「美美夾」夾過的下巴，「翹翹捲」捲過的上嘴脣，還是胸口那一大片被她用盡全力推出「櫻桃脣」的瘀青，那些血紅的印記，真的都是床母娘做的記號，那麼，他們還想用「床母做記號」來互相安慰嗎？

不可能吧？

珠珠覺得很丟臉。每想到這孩子從出生就吃了這麼多苦頭，她又特別難過，都怪自己這個差勁的床母！她只能拚命寵著曾寶貝，慷慨的在他嘴裡塞進好多「空氣棉花糖」、「冰糖骨頭」、「晶晶小泡泡」……，鍛鍊他的牙床，讓他清潔牙齒，練習做各種口腔運動，有時候因為嘴裡咀嚼的聲音太大了，連爸爸、媽媽都忍不住在夜裡起身來看看他。

曾寶貝怕黑，珠珠整夜不睡，為他唱好聽的搖籃歌；有時候為了教他翻身、運動，珠珠示範繞圈圈、用單手假裝很吃力的撐起身體。那種笨拙的樣子他最愛看了，常常吱咕、吱咕笑起來，這時候曾媽媽就會高興的叫曾爸爸來看：「這孩子怎麼這麼喜歡一個人發笑？」

他們當然不知道，是床母娘在逗著孩子玩呢！

珠珠終於發現，每一個孩子，都有他自己可愛的樣子。現在，要是姊姊想拿田蜜蜜來換她的曾寶貝，她也不肯，因為，她終於知道，每一個床母都好愛好愛她們的寶貝。

逗曾寶貝的時間越來越長，珠珠也越來越害怕。每到七夕傍晚，一聞到刻意為她準備的雞酒、油飯和軟糕香氣，她就特別心虛。曾寶貝兩周歲生日到了，血管瘤像生日禮物一樣，一年一年，慢慢往呼吸道蔓延，看起來很危險，這一切都是自己的錯，沒什麼值得別人感謝的。

這兩年來，她想盡辦法、施盡仙術，想要除掉這些血管瘤，常把曾寶貝弄痛、弄哭。不過，她不會再手忙腳亂了，越來越知道怎麼安撫小孩。

「崑崙煙火花」用光後，還有好多漂亮的「瑤池螢火蟲」，只要一放，曾寶貝就高興的在空中抓呀抓地，每個孩子都一樣，他們最喜歡用手指頭，輕輕碰觸各種閃爍在黑暗裡的晶瑩光點。

有一天，珠珠試著用新仙術挖開曾寶貝胸口那浮腫的血管，力量下得太重，卻沒聽見這孩子哭，她吃了一驚，一定有問題！果然，他的臉色脹得通紅，像要爆炸開來似的，她急急搖了搖他的身體，他掙了掙，一會就不動了，只是靜靜張著眼睛看她，身體燙得像一團火。

驚慌和心酸衝撞著她，她一手搧著「玉山雪扇」，一手試用各種搶救仙術，瘋狂的，像以前在教室一樣，越緊張越容易出錯。

孩子在不斷的法術和痛苦中，猛抽一下，最後，臉色慢慢變青、慢慢變冷。珠珠丟開雪扇，疊起所有的「通明靈火」，熱呼呼的被鋪並沒有讓曾寶貝暖起來，她只能抓著大把大把的「平安符」、「驅鬼符」、「聰明符」、「好睡符」……，全部往他頭上撒，曾寶貝的身體還是僵冷的，她開始發抖，不，寶貝的生命不能就這樣消失！

別怕，別怕！還有南極仙翁的還魂靈芝草。深吸一口氣，她告訴自己，為了搶救這孩子，一定，一定要鎮定下來。珠珠衝到窗口，停住，整張臉凍在那裡，怎麼？怎麼會這樣？不知道什麼時候，靈芝草早就乾死了，只剩下，焦黃的幾根枯葉。

她暈眩了下，撐著身體，強迫自己打起精神，只剩下最後一個辦法了。

珠珠摘下頭髮上的如意桃木劍，放大，放大到直頂住嬰兒床上的天花板，一咬牙，用勁凝聚全身真氣，從她頭頂百會穴上，騰空升起一縷細細的白煙，慢慢的，煙氣越來越多、越來越濃，沿著嬰兒床罩成一朵小白雲，雲色漸次轉為七彩，煙色斑斕，然後，下了一場繽紛的彩虹雨，水氣滲進曾寶貝發青發冷的臉，一會兒，曾寶貝的臉色恢復血紅，發出均勻的呼吸聲。

如意桃木劍開始縮小，縮小，小到握都握不住就掉在地上，王母娘娘和七星娘媽聯手注入劍裡的法力都消失了。七彩煙色，繞啊繞的，慢慢旋轉、慢慢騰升，升得高高的、高高的，煙氣細細，像一條又一條相接延續著的雲絲，淡淡的，長長的，延伸到遠遠的天際……

珠珠癱了下來，費力的勾住嬰兒床欄杆。她的真氣和仙術，全都耗盡了，連如意桃木劍也保不住，怕再沒辦法照顧這個孩子到十六歲了。

她虛弱的靠在床邊，不得不傷心的承認：「寶貝，我真差勁！別的床母說得對，為了你好，我還是釋放出七彩煙雲，通知王母娘娘，為你找一個更好的床母來。」

她想站起身，又虛脫到完全使不出力氣。這時，有一隻胖胖的小手，從嬰兒床的欄杆裡伸出來，勾住珠珠的手指頭。曾寶貝不會說話，只是用烏溜溜的眼睛對她說著一百種、一千種捨不得。

珠珠感動得落下淚。

奇怪的事情發生了，眼淚落在曾寶貝的上嘴唇，血印消失了；落在曾寶貝的下巴，血印也消失了；然後，她顫抖著手掀開曾寶貝的衣服，眼淚落下，盤踞在曾寶貝胸口的一大片血印，居然，在淚水中慢慢、慢慢融化了。

珠珠張大了嘴，含著眼淚，高高興興的笑起來。

她伏在曾寶貝身上，覺得自己好愛他好愛他，愛到不知道用什麼方法讓他知道，她有多愛他。於是，她在他屁股上輕輕咬一口。讓他在珠珠離開以後，還會一直記得，他是床母娘的寶貝，所以，床母才要為他做一個記號。

這樣，她就可以愛他很久很久，永遠不會在人群中找不到他。

——選自《床母娘珠珠：黃秋芳童話》二〇一五年六月初版，頁十—三十六；《九十三年童話選》二〇〇五年三月初版，頁二〇八—二二五

賞析

床母娘是民間信仰中的兒童守護神，這樣的角色很適合用來寫童話或兒童故事。但事實上，有關床母娘的童話或故事並不多見。（恐怕仍有不少孩子不知道床母娘吧？）黃秋芳寫了一系列床母娘童話，充滿民俗色彩，難能可貴。

所有孩子都是床母娘照顧長大的，但本篇的床母娘珠珠自己也是迷糊的孩子，當小讀者看到珠珠出糗，不知會不會想起，自己從小鬧過不少笑話，會不會也是某位「菜鳥」床母娘害的呢？

床母娘有許多法寶，一個一個祭出來，令人目不暇給。但效力最大的法寶，無疑還是「愛」。這篇童話之所以令人感動，也是因為充滿「愛」的緣故。

作者簡介

黃秋芳（一九六二——）

台大中文系、台東大學兒童文學研究所畢業；曾獲教育部文藝獎小說首獎、吳濁流文學獎小說佳作、中興文藝獎章小說獎、法律文學獎小說特別獎；台灣兒童文學協會童話首獎、文建會全國兒歌創作獎、九歌現代少兒文學獎、年度童話獎；經營「黃秋芳創作坊」，推動讀書會、寫作訓練、文學營隊。

著作含童話《黃秋芳童話：床母娘珠珠》；少年小說《魔法雙眼皮》、《不要說再見》、《向有光的地方走去》；閱讀書系《對字，多一點感覺》、《輕鬆讀三國》、《三國成語攻略》；並主編《九十五年童話選》、《九十六年童話選》、《九十七年童話選》。

吶喊森林

林世仁

森林裡最近顯得有些不太平靜，有種奇怪的吼聲，不知道在什麼時候會突然出現，常常嚇得動物們莫名其妙。大眼猴第一個聽到怪聲，也第一個遭殃。原來有天下午，大眼猴閒得沒事做，無聊的在屋頂上打呵欠，遠遠看到刺蝟走過來，一時興起，就吹了個氣球，用竹竿綁著，偷偷垂下屋頂，準備等刺蝟過來，「碰！」的一聲嚇他。沒想到背後突然傳來兩聲怪叫，大眼猴心一慌沒站穩，重力加速度，就一屁股跌坐在刺蝟身上，不多不少，正好扎了三十三個洞。

接下來一個月裡，被怪聲嚇到的動物越來越多：小松鼠的腦袋腫了個大包包，多嘴兔的嘴唇多了兩道門牙印，花花蟒的腰部打了個結……幾乎所有聽過怪聲的動物，都有個難忘的經驗。甚至，膽子小一點的動物，只要一想到怪物的「可能長相」，都不敢太晚回家，單獨走起路來更是哆哆嗦嗦的直打顫。

森林裡出現不速之客的消息慢慢傳到虎老大耳邊。虎老大很生氣的從王座上跳起來，額上的大王紋一下挑得老高：「豈有此理！居然有傢伙敢在森林裡如此放肆，真是一點規矩都不懂！」說著當場指派貓頭鷹博士組成空中偵察小組，負責追緝怪物，查明真相。

貓頭鷹博士馬上動員所有鳥類，到森林各處站崗，監控一切可疑的「移動物體」，同時設置指揮中心，接收各界訊息。聽過怪聲的動物，紛紛跑到指揮中心提供線索。大眼猴還特地畫了一幅「怪物音波立體標示圖」，點明怪聲的發生位置。多嘴兔則通宵熬夜，寫了一篇長達六千字的論文，分別從音色、音域、回聲、共鳴等各種角度，探討怪聲出現的歷史意義。

短短幾天，指揮中心就歸納出兩點值得注意的事：第一，怪聲來源不只一種。根據大家描述，有的聽到男的聲音，有的聽到女的聲音，甚至三色鹿還聽到一個特別稚嫩的嗓音，「一定是個小孩子。」三色鹿肯定的說。因為三色鹿身上一點傷也沒有，沒人懷疑他說的話。第二，怪聲出現的時間，剛開始很零散，間隔也長，但是最近有越來越集中的現象，尤其以星期假日出現的機會最大。「看來怪物不只一隻，而且有漸漸聚集的趨勢。」貓頭鷹博士推論說：「此外，怪物出現的頻率也有週期性的循環現象。」

可是，怪物為什麼會集中在星期假日出現呢？答案暫時還看不到，唯一能看到的是：森林以最快的速度進入了「電視戒嚴期」。所有的動物都減少不必要的外出，待在家裡看電視，以避免意外；電視台則增闢時段，推出特別節目，以答謝持續升高的開機率。

在各種謠傳與耳語的擺盪中，一個月匆匆過去了，所有動物都在同一天收到偵察小組寄來的開會通知，通知上說貓頭鷹博士將在說明大會中公布調查結果。到了開會當天，所有動物都興沖沖的趕到會場，等待謎底揭曉。可是，貓頭鷹博士卻意外遲到了。

時間一分一秒過去，還是見不到貓頭鷹博士的蹤影。多嘴兔趁機在台下推銷他費時一個月寫成的驚悚奇情小說——《怪聲奇緣》。其他動物則開始紛紛揣摩怪物的「可能造型」：有的動物根據最近的天候變化推測怪物是超時空怪獸，沒有一定長相，就跟天氣一樣；有的動物則堅持怪物是異形入侵，而且是大嘴巴異形，所以才那麼愛叫；大眼猴則莫測高深的指出：「怪物嘛，不就是頭怪怪的，手怪怪的，腳也怪怪的。」

當怪物的「可能造型」出現第十一種說法的時候，黑猩猩神祕的看看大家，以總結的表情暗示：怪物名叫「卡里不吉」，是水、陸、空三棲怪物，平時躲在水裡，每隔七天上岸一次。最特別的是，根據階級大小，每隻「卡里不吉」都有數目不同的腦袋，從三個到十來個不等，每個腦袋都能發出不同的聲音。

動物們一聽，這下連名字都有了，大概八九不離十，再看看黑猩猩龐大威武的身軀，更是覺得錯不了。會場一下就沸騰起來，所有話題都集中在「卡里不吉」身上。有的說「卡里不吉」最怕一隻腳的動物，碰到他的時候，只要單腳跳三下，就可以平安無事；有的說貓頭鷹博士遲遲不來，一定是受了「卡里不吉」的恐嚇；還有的說他們早就見過「卡里不吉」，只是怕引起不必要的恐慌，所以才隱瞞不說……

正當大家越說越起勁的時候，貓頭鷹博士挾著一批文件，匆匆忙忙走進來。立刻，會場像滾水鍋裡倒進一碗冷水，馬上安靜下來。

貓頭鷹博士走上台，看看大家，開門見山的說出答案——原來，嚇得大夥白天不敢睡覺，晚上不敢作夢的怪物，竟然只是住在馬路城的人類！

會場一下子哄聲四起。人類？怎麼可能！

聽到虎老大的吼聲會嚇得不敢動彈的男人？

看到老鼠、蟑螂會嚇得直跳腳的女人？

天一黑，迷了路就會哇哇大哭的小孩子？

他們怎麼可能是怪聲的主人？

動物們紛紛露出不相信的表情，貓頭鷹博士以平靜的語氣說：「上星期，我請馬路城的老鼠兄弟幫忙找些資料。今天一早我收到他們寄來的文件，很快讀了一遍——這是我今天遲到的原因。根據這些資料，我相信馬路城的人，已經和我們認識的人類不太一樣了。」貓頭鷹博士拿起茶杯喝了口水，所有動物的注意力都隨著茶杯裡的水，咕嚕嚕的流過貓頭鷹博士的喉嚨，經過他的胸膛，感覺到他噗噗的心跳。

「根據資料顯示，馬路城的生活品質正在急速惡化。空氣、水源、噪音的汙染，和化學毒氣、核能廢料等等，都已經嚴重改變了馬路城的生活環境；通貨膨脹、股市震盪、無殼蝸牛、示威遊行……成了普遍的社會問題。雖然，我們還不清楚他們到森林裡來的原因，不過……」貓頭鷹博士推推眼鏡說：「我懷疑他們可能得了什麼怪病，或者是，發生了某種突變。」

動物們聽貓頭鷹博士念了一連串人類世界的專有名詞，個個不知所云。不過，大家都很清楚：不久前才由大夥通力合作完成的神祕影像——「卡里不吉」，就在這些莫名其妙的專有名詞下，灰飛煙滅了。大家期待的心理一下撲了空，對「取而代之」的人類都沒好感。

「聽說馬路城到處都在『哄抬』物價、『吵』地皮，我看他們一定是不懷好意，要打我們的主意，才故意來森林裡『哄哄哄！』的『吵』地皮！」

「剛剛貓頭鷹博士不是說他們有什麼噪音汙染嗎？我看他們一定是像丟垃圾一

樣，把憋了整整一個禮拜的噪音丟到我們森林來。」

「不對！不對！他們叫得那麼難聽，八成是準備到森林裡來『示威遊行』！我們一定要想個辦法把他們打回去！」

大家七嘴八舌的各說各話，貓頭鷹博士趕緊解釋：「炒」地皮不是「吵」地皮，「噪音汙染」也不是垃圾，沒法隨地亂倒，「示威遊行」更不是打仗，也不必過度緊張。

虎老大看大家說不出個所以然來，就裁示貓頭鷹博士做次「田野調查」，實地了解狀況，在下次大會中提報出來。

最先聽到怪聲的動物們，都搶著報名參加採訪團，他們都認為自己「義不容辭」享有優先權，應該最早知道答案。貓頭鷹博士簡單分配地點以後，「田野調查」就正式開始了。

在池塘邊的叉路上，多嘴兔遇到一位皺著眉頭的男人。對多嘴兔的質疑，男人不好意思的說：「我是一個上班族，每天都要和時間賽跑。早上擠公車怕遲到，中午休息不敢超過半小時，下午要幫老闆跑三點半。工作以外，又有一大堆臨時交辦事項要做，整天拚命的趕趕趕，事情還是越積越多。一個禮拜下來，整個人都硬繃繃的，忍不住就有大叫一聲的衝動。所以我才會到森林裡來。」男人搔搔頭髮，臉紅的說：

「只有到森林裡來大叫一下，我才會感到解脫，覺得自己又是一個人，而不是機器，很抱歉給你們帶來意外的困擾。」

碰到大眼猴的是個倒楣的計程車司機，因為大眼猴化裝成大眼殭屍，司機先生一進到森林，除了第一聲大叫是自願的，其餘幾聲都是被大眼猴嚇出來的。事後，大眼猴模仿計程車司機的語氣說：「我每天開車在大街小巷裡鑽來鑽去，看到的都是灰色的馬路，灰色的房子，最近連天空都變成灰濛濛的一片。尤其一到巔峰時間，到處都是車子，塞車後接著是塞車，連紅綠燈都不管用，每次車子堵在地下道裡我就很害怕，因為我看不到任何一點自然的東西。上下左右、前面後面，全是水泥和汽車……啊，水泥！水泥！灰色的水泥！啊——」大眼猴誇張的模仿司機的樣子，又叫又跳。

慢慢的，動物們發現：到森林裡來的人，心情都很不愉快。其中有受不了緊張生活的生意人，有厭惡擁擠都市的上班族，也有事業家庭不能兼顧的職業婦女，還有天天補習，天天作惡夢的小學生，甚至許多沒人孝順的老年人，也相招作伴一塊來。

「原來，馬路城的人都很不快樂，他們到森林裡大叫，只是為了紓解生活上的壓力，並沒有惡意。」貓頭鷹博士在第二次大會上，簡單作了總結。動物們都恍然大悟，笑自己太多心了。「我早說了嘛，那怪聲一點不可怕，只是……嗯，有點吵罷了。」大眼猴「後知後覺」的擺出一副「先知先覺」的樣子。

虎老大指示大家研究因應之道。有同情心的動物建議召募義工，幫助那些可憐的人；討厭人類的動物則主張組成自衛隊，將入侵者驅逐出境。虎老大想了想說：「馬路城和森林國畢竟也算半個鄰居，人來是客，我們總不好失去作主人的樣子。或許大家可以想想看，有什麼賓主盡歡的法子。」說著把目光停在狐狸身上。

狐狸知道虎老大一定是要他在馬路城和國庫收入之間，畫上一條等號，趕緊低下頭，猛轉腦袋，一下用右手摸摸左耳，一下又用左手摸摸右耳。其他動物也都低下頭，模仿「沉思者」的姿勢。一會兒，只見狐狸雙眼一亮，興奮大叫：「有了！有了！」說著像發現新大陸似的，原地翻了個筋斗：「我們只要將森林裡的動物，依聲部分成高、中、低音，組成『吶喊協會』，再按聲量大小，制訂價格。凡是想到森林大叫的人，都得指定動物代吼或者對吼，讓每個動物都有機會參與喊叫過程，並且只固定於星期日開放實施，如此一來，不就主客兩便，各蒙其利了嗎？」動物們一聽可以靠自己勞力賺錢，又可展現歌喉，個個都躍躍欲試，狐狸一下就被贊成的歡呼聲托上半空中。

森林的入口處很快就掛起「吶喊森林」的招牌，和寫著詳細說明的參加辦法。馬路城的人看了告示，都有點好奇。有的興奮的說：「跟動物對吼？哇！好像很刺激！」也有的表示懷疑：「請動物代吼？有可能嗎？好像哪裡怪怪的……」

興奮和懷疑很快就被驚喜取代了。馬路城的人不用多久就發現：這實在是件了不起的發明！有那麼多的動物可供選擇，就像自己的聲帶多了許多孿生兄弟一樣，隨時可按心情高低，變換不同的音色、音量，連回音也變得豐富起來，簡直過癮極了！每個走出森林的人，都像洗了森林浴一般，帶著滿足的微笑回家。如此一傳十，十傳百，「吶喊森林」很快就成了森林裡最受歡迎的觀光事業。

為了答謝馬路城的熱烈回響，虎老大又開放週六下午的時段，增闢午夜場，並且推出套票、預約各項優惠，同時，為了節省人們的選擇時間，貓頭鷹博士特別依據特定對象，製作一系列全新組合，從獨唱、二重唱、三重唱到大合唱，全依不同需要，標上醒目標題。分別是：

烈日與暴風雨的親密耳語——送給雙重性格的人。

鐵板燒上的小木屐——專為「多才多藝」的小學生準備。

雲端上的水龍頭——獻給心事無人知的人。

秋天的雷霆落葉——專為失戀男女設計。

偷聽耳朵上的眼淚——送給祕密過度膨脹的人。

三重奏裡的七重奏——給猜不透別人心事的人。

卡里不吉的怒吼——給莫名其妙生氣的人。

急行烏龜的腳步聲——給遲遲不能下決定的人。

每一項組合，都由不同的動物領唱。推出之後，佳評如潮，尤其是黑猩猩所領導的「卡里不吉的怒吼」更是受到前所未有的歡迎，馬路城的人都說它充滿無可名狀的發洩快感，和說不出來的憤怒本質，最能表達現代人的苦悶。

現在，到「吶喊森林」已經成為馬路城最熱門的休閒活動。不論是個人散心、家庭旅遊、朋友聚會，或是公司犒賞員工，「吶喊森林」都成了最佳選擇。甚至，許多大公司的老闆不能抽空前來，也都請祕書到森林來錄製特別卡帶，以備不時之需。

這天黃昏，虎老大站在高崗上，身後的紅日映照著一片彩霞，遠遠的馬路城上方，灰幽幽的籠罩著一團散不掉的薄霧。虎老大想到白天鬧嚷嚷的人潮和滾滾而來的鈔票，不禁高興得心花怒放，張嘴大吼了一聲……聲音從「吶喊森林」直直傳到馬路城，轟轟隆隆，久久不散；聲音下面，一排從森林回去的車陣，正長長排了好幾公里，遠遠望去，像是一條躺在地上、沒有盡頭，灰色的龍。

——選自《魔洞歷險記：林世仁童話》二〇〇七年八月初版，頁二十二—三十四

賞析

本篇的森林國動物設定，沿襲了童話的傳統，譬如貓頭鷹就是有學問的博士、老虎當然也是森林大王，但森林裡的社會模式卻是當代人類的縮影，寫法既有古典味，亦具現代感。

如果森林裡的社會與人類社會雷同，那人類的社會又如何呢？作者把負面的一切（如環境汙染，生活壓力等）都留給人類，森林因而成為一方令人嚮往的淨土。到森林裡吶喊，是當代人紓壓的好方式。所謂「使用者付費」，人類付酬勞給森林裡的動物，是很公道的事。全篇的趣味，都源於這個創意。

本篇開頭的森林動物故事很容易吸引年紀小的讀者，當小讀者興致盎然的一路讀完，或多或少也理解了大人的苦悶。林世仁的童話讀者，年齡範疇很大呢！

作者簡介

林世仁（一九六四——）

專職童書作家，作品有童話《魔洞歷險記：林世仁童話》、《不可思議先生故事集》、《小麻煩》、《十四個窗口》、《字的童話》系列；童詩《古靈精怪動物園》、《誰在床下養了一朵雲？》；圖像詩《文字森林海》；《我的故宮欣賞書》等五十餘冊。曾獲九歌年度童話獎、金鼎獎、聯合報／中國時報／好書大家讀年度最佳童書、第四屆華文朗讀節焦點作家。

小魔女淘淘和淘淘雲

周姚萍

小魔女淘淘就像她的名字一樣，非常淘氣。

淘淘的媽媽是個魔女，爸爸是個普通人。他們住在爸爸出生、成長的城市——春水城。那裡的人都不會魔法，所以，媽媽幾乎不用魔法，也沒教過淘淘魔法。

不過，淘淘的外婆常來看她，有時也將淘淘接回魔法國住，因此，淘淘從外婆那兒，學會許多魔法。

「在春水城不准用魔法，等去了魔法國，要用再用。」媽媽總是這麼交代。

然而，淘氣的淘淘卻不時調皮的使出魔法。

像是在教室吃營養午餐時，因為老師也在，四周靜悄悄的。淘淘覺得沒趣，便念了咒語，讓自己和同學所坐的桌椅，緩緩飛上空中，引得老師和其他同學發出驚叫。

這還不夠，再來個咒語，讓青椒飛進不愛吃青椒的拉拉嘴裡；讓丁丁手裡最愛的雞腿飛得老高，抓也抓不到，逗得老師同學全笑了。

又像是到公園玩耍時，淘淘覺得溜滑梯溜膩了，盪秋千盪煩了，開始想淘氣，於是使起魔法，讓枝頭盛開的花朵一起左邊點點頭，右邊點點頭，再前前後後點點頭，惹得大人小孩訝異極了。

還有，淘淘跟媽媽去逛百貨公司時，媽媽逛得很開心，淘淘卻覺得無聊，乾脆使起魔法，讓衣服、褲子跳出模特兒的身軀，跟著她在走道上遊行……

每次淘淘做出淘氣的事，媽媽就怒氣沖沖的大喊：「淘淘，你實在太淘氣了！」淘淘總是吐吐舌頭，飛快逃開。

前不久，外婆又來看淘淘，還教淘淘變出她喜歡的寵物。

她們變出的寵物，不是小狗，不是小貓，不是黃金鼠，而是一朵會變身的雲。淘淘就叫它淘淘雲。

淘淘雲會變成小飛機的模樣，坐上去，咻一聲就飛上天；會變成椅子的形狀，坐在上頭，暖呼呼的，舒服極了；會變成一張床，又輕又柔，捏一捏，就能捏出一個雲朵枕，拉一拉，就能拉出一床雲朵被，說有多方便，就有多方便；還會變成一個大大的玩具熊，跟淘淘玩摔角……

這樣的寵物實在太棒了。

但是，媽媽規定淘淘，不可以把淘淘雲帶出去玩，就怕引起大亂。媽媽還說，要是淘淘不遵守規定，就要把淘淘雲送到外婆家。

淘淘不希望淘淘雲離開，只好乖乖遵守。

偏偏，淘淘雲就像小主人，也喜歡在無聊時，做些淘氣的事。

這天，淘淘在家實驗外婆教她的爆炸口味魔法湯。她非常期待煮出的魔法湯，喝進嘴裡，不但有爆炸的口感，最好還能產生讓頭髮爆炸的魔力，將她直直的頭髮、眉毛、睫毛，都「爆炸」成捲捲的。

淘淘十分專心，沒理會淘淘雲。

淘淘雲感到無聊，就偷偷從窗縫溜出去。

一開始，它飛得高高的，就像一般的雲朵，沒引起任何人注意。

它飛到一個廣場上，那裡有座很大的女神雕像。淘淘雲呼溜飛到雕像嘴邊，變成兩撇白色的八字鬍模樣。

有小孩看到了，舉著小手呵呵笑了，還跑去告訴媽媽。

車裡的駕駛等紅燈時，覺得很有趣，繃緊的心情也不由放鬆了。

大家都以為是哪個幽默的藝術家，為雕像做了有趣的小改變，好讓大家輕鬆輕鬆。

淘淘雲被注意夠了，趁著沒人留意，變回雲的形狀，飛走了。

它飛呀飛，看到有個教堂，外頭好熱鬧，一對新人剛完成教堂婚禮，走出門口，新娘子將捧花丟向人群。

淘淘雲覺得好玩，咻的飛下去，接起捧花，惹得大家驚叫。

新娘白色的蓬蓬裙好蓬，淘淘雲又把自己變得長長扁扁的，繞著蓬裙，一圈、兩圈、三圈……讓蓬裙變得更蓬了。

它還沒玩夠，竟帶著新娘飛起來啦。

「啊——」新娘大叫著，新郎趕緊追過去。

新娘伸長手，拉住新郎高舉的手，新郎也跟著飛上天。

新娘將另一隻手按在額頭上，喃喃自語著：「喔喔，我這是在作夢嗎？我一直希望有個夢幻、充滿驚喜的婚禮。難道老天讓願望成真了？」

而淘淘這會兒正慌張的在街頭跑哇跑；她發現淘淘雲不見了，焦急得不得了。

街上有許多人望向天空，像那兒有什麼奇景，淘淘也趕緊抬起頭，「啊，是淘淘雲……」

淘淘一邊追，一邊喊：「淘淘雲，下來！淘淘雲，下來！」

但淘淘雲不曉得是真的沒聽見，還是假裝沒聽見，仍然繼續往前飛，把淘淘遠遠丟在後面。

淘淘雲飛哇飛。

新郎發現他們的新家就在下方，喊著：「是我們的新家！」

「要是能降落在新家，那就太完美了。」夢幻新娘喃喃自語。

淘淘雲正好累了，便緩緩下降在新居前，然後呼溜飛走了，留下新娘新郎不斷問著彼此：「這到底是夢？還是真的啊？」

一會兒，淘淘雲飛到一棟摩天大樓旁，然後靠在大樓的一片傾斜牆面休息。

一位嚴肅的男士從辦公室看到淘淘雲，不相信的跑到窗邊，「怎麼會？一朵雲！」

大樓很高，可以看得到遠處的天空白雲飄移，但是，一朵雲就這麼貼著窗戶，近在眼前，實在讓一個不愛作夢的人難以相信。

「不可能！不可能有一朵雲貼在窗邊的。」那男士一轉頭，踏著嚴肅的大步回到辦公桌前坐下。

淘淘雲這會兒又有了精神，於是從窗縫溜進去，飛到那位正在低頭工作的男士面前，然後咻的一聲，朝男士的臉俯衝過去，貼在他的鼻尖上。

男士的眼睛睜大，再睜大，再睜大，然後「哇」一聲，叫得驚天動地，把辦公室外的人都叫了進來。

而淘淘雲呢，卻早已飛走了。

它飛呀飛，飛到一個賽馬場。那兒正在舉行比賽，跑道上一匹匹賽馬不斷往前衝刺。就在馬兒們前前後後即將衝刺到終點時，淘淘雲忽的竄進雜沓的馬群，變身成白色駿馬，從其中飛奔而出，一馬當先抵達終點。

「冠軍……冠軍誕生了！是一匹白色駿馬！但是，這匹白馬不知道是從哪裡來的。神祕的白馬，身輕如雲的白馬，到底是從哪裡來的？」

許多賽馬主人，看到淘淘雲變成的白馬，速度就像風一樣快，都以為是一匹神駒，紛紛跑過去，爭著說神駒是自己的。

淘淘正好找到賽馬場外，聽到喧鬧聲，跑進去一看，看到大家滿場追著淘淘雲變成的駿馬跑，還不斷喊著：「這馬是我的！」「是我的！」「是我的！」

淘淘雲耍淘氣，讓大夥兒追得你撞我，我撞你，亂成一團。

淘淘也跟著追喊：「淘淘雲，過來！淘淘雲，過來！」

等鬧夠了，淘淘雲竄到淘淘面前。

淘淘趕緊跳上淘淘雲變身的白馬背上，呼溜跑得不見蹤影。

白馬跑哇跑，跑回家。

他們跑進家門，媽媽還沒回來。淘淘氣得對著淘淘雲大喊：「淘淘雲，你實在是太淘氣了！」

淘淘雲飛快的躲進房間裡。

淘淘愣了一下，然後忍不住笑了起來，對自己說：「唔？我怎麼覺得我好像變成媽媽啦！」

——選自《收集笑臉的朵朵：周姚萍童話》二〇一一年一月初版，頁八十九—九十七；《九十八年童話選》二〇〇九年三月初版，頁二〇九—二一七

賞析

在童話世界裡，魔法是常見的設定。一旦童話人物使用魔法，內容便能千變萬化，因此有魔法的童話深受兒童喜愛。本篇也因為魔法的緣故，情節十分熱鬧好看。

魔法既然在童話裡常見，要寫出新意便極不容易。本篇前半描寫小魔女淘淘胡亂使用魔法，經常造成災難，這是常見的情節。而後半淘淘雲出場，比淘淘本人更胡鬧，導致淘淘必須收拾殘局。她瞬間變換了角色，從一位「麻煩製作者」變成「問題解決者」。

當淘淘終於收服了淘淘雲，才發現自己竟然扮演了一回「媽媽」，這是全篇最有趣而溫馨的設計。

作者簡介

周姚萍（一九六六——）

兒童文學創作者及譯者。著有《山城之夏》、《我的名字叫希望》、《妖精老屋》、《魔法豬鼻子》及《收集笑臉的朵朵：周姚萍童話》等書，並主編《一〇四年童話選》。作品曾獲金鼎獎推薦獎、聯合報讀書人最佳童書獎、幼獅青少年文學獎、九歌年度童話獎、好書大家讀年度好書等獎項。

雪藏三明治

亞平

冬眠時期，每隻小動物必備的糧食是三明治。

不是肉鬆三明治，也不是火腿三明治；好吃的三明治要自己動手做，夾上喜歡的食材，灑上獨門的調味，輕輕一夾，大口一咬：嗯——自製的三明治果然美味又特別！

所以，即使倉庫裡食物堆得滿坑滿谷，小動物們還是滿心期待，期待第一場雪來，就可以做三明治了！

為什麼要等下雪？

因為這是雪藏三明治的獨家配方呀！

第一場雪來的時候總是很神祕!!

明明秋風已經越吹越緊，像一把鑽子，鑽得大伙兒骨子裡發冷，初雪不下就是不下，任憑大家脖子抬得發酸，一小片雪都不見蹤跡；明明秋陽還暖暖的，芒草花才吐齊了穗，假雪之名招搖過市，初雪就莫名其妙的下了，害得那些懶惰的小動物們來不及打包食物，一整個冬天只好喊餓！

初雪，總是不按牌理出牌！

但也因為他的神祕，雪藏三明治才會有獨特的魔力，讓人一口接一口，吃了還想再吃！

現在秋風已經吹得疲累了，今年來得早，秋的氣息搧得很濃郁；如果初雪翩然而下，他就能交棒給北風，回山洞喘息了！

但是，雪卻姍姍來遲！

小動物也等得很心焦，食材已經備好，調味料也已找齊，吐司更是溢出濃濃的麥香，鬆軟有勁的被偷偷啃掉好幾片，雪的蹤跡在哪裡？

終於，在一個橘燦燦的夕陽裡，雪，來了！

晶瑩潔白！

如詩如畫！

小動物們都衝出了家門，在森林的廣場中快樂的做起自己獨家的三明治。

一塊吐司，一層細雪，一塊吐司，一層自己準備的配料，再夾上一塊吐司，三明治就大功告成了！

小松鼠首先做好，他得意的說：「我的三明治夾的是一片紅透了的楓葉，吃下去會感受到秋天的楓紅……」

小花鹿說：「我夾的是一撮春天的青草，春天的青草味最令人留連……」

「嘿嘿！我特地託海鳥銜來一塊海邊的貝殼，我要做一個充滿活力的海之夢……」烏龜說。

「我嚮往沙漠的熱情，所以我夾的是各式仙人掌的刺……」小蟒蛇興奮的說。

「即使冬天我也要歌唱，這片荷葉有夏天演唱會的點點滴滴……」青蛙自豪的說。

停停停！

為什麼三明治裡夾的不是可吃的食物，而是亂七八糟的東西呢？

這就是雪藏三明治的魔力呀！

初雪，會讓三明治裡的食材光陰重現；吃下三明治再冬眠，整個冬眠期間就會做和食材相關的夢，不管是春天、秋天、海邊、沙漠，吃下什麼，就夢到什麼，而且場景歷歷在目，感覺鮮明如畫，雪藏三明治膾炙人口的原因就在這裡！

但，可別貪多！一個冬天，小動物只能做一個，做多了就失靈；且只能做快樂的回想，那些悲傷、恐怖、害怕……，初雪不但不接收，三明治吃起來還又苦又酸！

所以要預約什麼樣的冬眠，小動物早就有打算：在春天留下一撮青草、在夏天留下一片荷葉、剪下玫瑰的花瓣、舀起清晨的露珠……東西雖小，卻是勾起美麗回憶的鑰匙，大家都不敢馬虎。

至於懷念朋友，三明治更有大妙用！

鼴鼠想念他南飛的大雁朋友，就在三明治裡放上一根大雁的羽毛；小狐狸忘不了被獵人捉走的狐狸媽媽，三明治裡就夾了一撮媽媽的毛……再灑上「懷念」配方的調味：胡椒、香茅和一點點的雪花鹽，冬眠，竟是相逢的開始。

會不會不好吃？

放心！夾上初雪，再硬的東西都柔軟多汁；再苦的東西也甘甜如蜜，吃了還會ㄎㄠ、ㄎㄠ、ㄎㄠ，回味無窮……

寒冷的冬天，風雪嚴嚴；冬眠的小動物卻人人都有一個好夢：熟悉的夢、陌生的夢、熱情的夢、溫暖的夢；冬眠，也不孤單。

小兔子已經做好他的三明治了！這次他夾進的是清晨菜園裡的泥土，上面有紅蘿蔔、白蘿蔔和萵苣的味道，他最喜歡！但是看他焦急的走來走去，是在等誰？

終於，一隻小土狼畏畏縮縮的現身了，兔子跳了過去：

「老口味？」

「老口味！」

兩人互換三明治就匆匆而別，連一句再見都來不及說。

兔子笑道：我才不要冬天又做紅蘿蔔的夢，膩死了！小土狼的三明治夾了一塊山谷的岩石，深夜在山谷中奔跑的場景真是刺激呀……

雪靜靜的下了一整晚。

冬天，來了。

好夢，開始。

——選自《月光溫泉：亞平童話》二〇一三年七月初版，頁六十二—六十八；《九十六年童話選》二〇〇八年三月初版，頁二〇六—二一一

賞析

這篇童話的構想奇特，情節單純。森林裡的動物在冬眠之前要吃最後一次三明治，以便做冬眠的能量，而這個三明治必須是專屬於自己的獨特口味。雪藏三明治當然是冷的，但即使在冬季，這樣的故事仍令人覺得溫暖、覺得療癒。

亞平的文字很精緻，如果注意標點符號，會發現本篇前半使用了大量的驚嘆號，顯得十分熱鬧，而後半的驚嘆號就很少，彷彿文章逐漸進入冬眠的狀態。

一個新奇的構想，再搭配細膩的描寫，儘管故事簡單，卻是一篇值得細細品嘗的童話。

作者簡介

亞平（一九六九——）

台東大學兒童文學研究所碩士，國小教師、童話作家。

投入童話創作十幾年，細火慢燃，火形清亮。燃燒內心的真誠和無窮盡的幻想，只為了支起一把光亮，為孩子們帶來觸手可及的愛與溫暖。

曾得過九歌年度童話獎、國語日報牧笛首獎和二獎、教育部文藝創作獎等。

著有《月芽香》、《虎大米機智故事集》、《月光溫泉：亞平童話》、《我愛黑桃7》、《阿當，這隻貪吃的貓！》一—三集、《貓卡卡的裁縫店》，並主編《一〇六年童話選》。

趕快酥

楊隆吉

貢丸國小一年一度的學校聯合社區運動會又將來臨，運動會一天天的接近，小朋友也一天天的興奮……，只有一個小朋友例外，那就是一心想要跑第一卻跑得不是最快的「鬆餅」，鬆餅的心情隨著漸漸到來的運動會，一天比一天還擔心。

「得第一！要得第一！一定要得第一！」鬆餅心裡不斷的為自己加油打氣，鬆餅的同學們也知道他想跑第一的企圖心，回想起前幾年的運動會，鬆餅代表班上參加一百公尺賽跑，已經連續獲得三年的第一了，只……只是，是倒數第一！

不過，全班同學都知道，鬆餅是全班跑得最快的男生，今年的運動會，還是得派鬆餅代表班上比賽，仍是要繼續為他加油，希望鬆餅這次能為班上贏回「真正」的第一。

一百公尺預賽的前一天，放學後，鬆餅在操場獨自練完跑步，拖著疲勞的步伐走出校門，走沒幾步，鬆餅聽見有人在叫他：「鬆餅小朋友……等一等！」

鬆餅停下腳步，回頭，他看見路邊有一位滿臉皺紋、披著藍色頭巾、身穿綠色連身長袍的老婆婆，她對著鬆餅微微笑，招招手：「鬆餅，你想跑第一，是吧？」

鬆餅很訝異這位老婆婆為什麼會知道他的名字，他更驚奇的發現這位老婆婆也知道他的心事。

沒等鬆餅回過神，老婆婆滿臉善意的笑著說：「鬆餅，我觀察你賽跑已經有三年的時間了，你跑得認真，可是沒有一次如願，實在令人同情！今年，你如果想要得到真正的第一，不妨嚐嚐我的『趕快酥』，可以讓你跑得更快喔！」老婆婆手掌攤開，一個小小的、菱形的藍色酥餅。

鬆餅想跑第一的念頭，早已在腦子裡沸騰好多年了，聽到老婆婆這樣說，他喜上眉梢的連聲道謝，想都沒想的接下了老婆婆給他的酥餅。

「你還要注意哦！趕快酥可不是普通的酥餅……」給了趕快酥之後，老婆婆還特意叮嚀鬆餅，告訴他怎麼吃才可以發揮趕快酥的功效。

老婆婆說，趕快酥吃進肚子裡，直到讓腳完全發揮力量，大約需要一小時，所以，在比賽前一小時吃，最有效！另外一個祕訣是，吃到肚子裡的趕快酥，一定還需要配合耳朵聽到的聲音，才能發揮「趕快」的加速效果。

「是什麼聲音啊？」鬆餅不解的問老婆婆。

「就是『趕快酥』啊！」老婆婆解釋：「越多人喊『趕快酥』為你加油，你就會跑得越快……，可是，最後一個祕訣你千萬要遵守，否則，趕快酥也將變得和一般的酥餅沒什麼兩樣，那就是……」老婆婆停了一下，左右張望看附近有沒有人，靠近鬆餅的耳邊，壓低音量說：「絕對不能告訴任何人說，你有吃過趕快酥，要記牢哦！」話一說完，老婆婆就在鬆餅下一個眨眼的時候，消失不見了！

那時，鬆餅看著手心這塊趕快酥，更加相信它是真的會幫人「趕快」，手心興奮的出了一些汗，他趕忙用一張衛生紙，小心翼翼的將趕快酥包起來，藏進口袋。

隔天預賽前一小時，鬆餅將趕快酥掰成兩塊，悄悄的在教室吃了其中半塊，他也告訴班上幾個比較要好的同學，請他們喊「趕快酥」為他加油，那些同學半信半疑，基於好朋友的立場，沒多問什麼，都答應了鬆餅的交代。

「砰！」起跑槍聲響起。

鬆餅一如往常，拔腿使力往前跑。前面十公尺，鬆餅並沒有覺得自己的速度特別快，還是倒數第二呢！

鬆餅繼續往前衝，接著，他漸漸聽到班上的幾個同學大聲為他喊：「趕快酥！趕快酥！趕快酥……」

忽然間，鬆餅覺得身體變得很輕盈，腳底好像裝上了飛輪一樣，他很快的趕過第四個，趕過第三個、第二個、第一個，馬上就衝到終點線，贏得預賽的第一名。

鬆餅對於自己跑出來的速度有點不敢置信，在場邊為他加油的同學也瞪大了眼睛，不過，全班對鬆餅的歡呼聲，很快的淹沒了少數幾個人的疑惑，今年，鬆餅終於能代表班上衝進決賽了，大夥兒都樂翻了！

不過，別班幾個較細心的同學，發現原本前幾年跑得不是很快的鬆餅，能夠突然加速的原因，竟然是他們班為他喊「趕快輸」！這個發現，在其他班級之間很快的口耳相傳開來，他們幾乎都相信那是一種另類的必勝招式，於是，幾個代表選手跑進決賽的班級，也都想在決賽當天如法炮製一番。

在鬆餅的班上這頭，因為同班的其他同學見識到少數同學在預賽當天喊出的「特殊口號」，讓鬆餅跑出如此亮麗的成績，於是，也決定在運動會決賽當天跟著一起喊！

運動會當天，鬆餅還記得，在老婆婆叮嚀的一小時前，吃了剩下的那半塊趕快酥。

「趕快酥！趕快酥！趕快酥……」裁判的起跑槍才舉起（還沒響），鬆餅遠遠的就聽到全班在跑道邊為他賣力的加油聲！

「趕快輸！趕快輸！趕快輸……」「趕快輸！趕快輸！趕快輸……」「趕快輸！

趕快輸！趕快輸……」其他班級不明就裡、也不甘示弱的為自己班上的參賽代表加油了起來。

當天到學校參觀一百公尺賽跑的家長、社區朋友，頭一遭聽到比賽開始前，此起彼落、震耳欲聾的「趕快輸」的加油聲，聽得是滿頭霧水。

「趕快輸」和「趕快酥」的發音很相似，排山倒海的像極了「趕快酥」的聲音，只有對鬆餅一個人才起得了作用，趕快酥的功效，頓時放大了好幾十倍，已做好起跑姿勢的鬆餅聽得兩腿發脹、腳底發麻，他感到兩腳似乎充滿了未知的飽滿力量，微微的顫抖著。

「砰！」起跑槍聲響了。

鬆餅只記得左右腳各用力的往前跨出一步……

「咻！」一聲，只見一個影子隨著槍聲從起跑線「噴射」出去，像一條橡皮筋一般，「彈」到了終點線……（這是在旁觀眾的眼睛所看到的景象）。

後來，鬆餅直到被終點線的同學扶住了以後，才回過神來。

計時老師發現突然衝過終點線的鬆餅，趕忙按下了馬表：「一秒六八！」眼看其他第二、三、四、五、六名的同學，還跑不到十公尺呢！

鬆餅在那個年度運動會的一百公尺賽跑，史無前例的為貢丸國小創下了最快的紀錄，甚至，到現在，世界上還沒有人能夠破得了這個紀錄！

後來，鬆餅在運動會隔天就轉學了。貢丸國小全校都在猜，也許，鬆餅轉到體育學校就讀體育班，也許，鬆餅被國家教練邀請加入國家代表隊了……

其實，真相是……鬆餅已經沒有趕快酥啦！主動請求父母幫他轉學的鬆餅，把老婆婆給的趕快酥都吃光了，他不確定什麼時候還會再次幸運的遇見老婆婆，他擔心跑出這麼棒的成績之後，體育老師可能會找他加入田徑隊、記者可能會找他採訪、貢丸國小全校小朋友可能會當他是偶像並找他要簽名……，鬆餅心裡清楚，沒有趕快酥，他是不可能跑這麼快的。

鬆餅轉學了！他轉到……，想也知道，不想讓人找到的鬆餅，怎麼可能告訴大家呢？

——選自《山豬小隻：楊隆吉童話》二〇一〇年六月初版，頁一二八—一三七

賞析

本篇的故事骨架沿用古典的神仙故事，送「趕快酥」給主角「鬆餅」的老婆婆就是神仙。但這個故事卻發生在現代，作者也把它當作現實生活在敘說，譬如會說鬆餅創下跑最快的紀錄，「到現在，世界上還沒有人能夠破得了這個紀錄！」作者說得越認真，故事就越好笑。

趕快酥與「趕快輸」諧音，吃下趕快酥的結果卻是「趕快贏」。楊隆吉經常利用語言、文字的錯亂，進行顛覆性的創造。他的作品深受小朋友喜愛，像一座座遊樂園，任小讀者在裡頭狂歡作樂。畢竟，很少有小朋友不欣賞「不按牌理出牌」的創意與幽默。

作者簡介

楊隆吉（一九七三——）

台東大學兒童文學研究所碩士。網路「達拉米電子報」主編。作品曾獲九歌年度童話獎、蘭陽文學獎等。著有《拳王八卦》、《愛的穀粒》、《四不像和一不懂》、《山豬小隻：楊隆吉童話》、《超級完美的願望》、《鷗吉山故事雲》；個人部落格 http://piccc.pixnet.net。

少年小說卷

前言

少年小說是指適合中學生（含高中生）閱讀的小說。從適讀年齡看，少年小說是讀者年齡層最高的兒童文學文類。

另有一個名詞「少兒小說」，泛指適合兒童、少年、青少年閱讀的小說。若分得更細，則把適合小學生閱讀的小說稱為「兒童小說」，而適合中學生（含高中生）閱讀的小說才稱為「少年小說」。

少年小說相對於兒童文學的其他文類，顯得比較深刻、複雜。小說也是故事，但少年小說並不被納入「故事」類，因為「故事」通常不會寫得像小說那樣複雜。小說的寫作技巧是全方位的，不只是說故事而已，必須兼顧情節變化、人物塑造、場景描寫及對話表現……等。

表面上，少年小說與一般成人在看的小說並無不同。不同的是內容。少年小說的內容多半取材自兒童及少年所感興趣或熟悉的事物，譬如學校生活、同儕互動等題材，而罕見性、暴力與政治等成人話題（但並非完全不能涉及）。

少年小說不僅限於寫實小說，其他如：冒險小說、奇幻小說、科幻小說、歷史小說、俠義小說……等，亦深受青少年讀者青睞。

儘管少年小說適合青少年閱讀，但從來不排斥年紀更長的成年讀者。風行世界的《哈利波特》、《納尼亞王國》、《魔戒》等奇幻小說，都屬少年小說，仍能吸引大量成人讀者。

少年小說的主角經常就是兒童或青少年。由於兒童與青少年正值成長期間，因此少年小說常見書寫成長與啟蒙。但成長小說並不等同於少年小說，而少年小說亦不應以書寫成長為準則。

本卷共收五篇少年小說，分別是：鄭清文〈紙青蛙〉、陳玉珠〈黃水袋〉、小野〈誰來陪我放熱汽球〉、李潼〈洪不郎〉及鄭宗弦〈愛上風獅爺〉。

紙青蛙

鄭清文

陳明祥穿上黃色的塑膠雨衣，和黃色的塑膠雨鞋，跨出了門檻。外面正下著雨，雨雖然不大，卻一直沒有停歇。

陳明祥沿著山坡，踩著斷斷續續鋪著大石頭當石階的小路下去。小路的盡頭，是國立大學的校園，是一條寬大的柏油路。那裡是大學的後山，這一條柏油路叫環山路。

哥哥曾經說過，每逢下大雨，環山路上會出現許多青蛙。

他不喜歡青蛙。他不喜歡那種軟軟、黏黏的感覺。

上禮拜，上生物課的時候，大家正在解剖青蛙，他感到很不舒服，就昏過去了。

他們四個人一組，先用麻醉藥把青蛙迷昏，再拿刀來解剖。他只是遠遠的站著。有一個同學，拿了青蛙在他眼前晃了幾下，他就昏過去了。

大家都笑他，說他比女孩子還膽小，是個膽小鬼。

生物老師姓王，是一位剛從師大畢業的女老師。王老師安慰他說，有人怕蟑螂，有人怕老鼠，也有人怕青蛙。這是一種心理現象，不是膽小鬼。當然，王老師也有意提醒大家，不要隨便惡作劇。但是，大家還是笑他。

陳明祥很喜歡生物課，他的成績也不錯。他也很喜歡王老師。他喜歡她說話的聲音，喜歡她說話時，露出白白的有一顆虎牙的牙齒。他也喜歡她那長長的頭髮，轉身的時候，輕輕的甩動。有一次，他在寫作業，王老師走到他身邊，俯身看他的簿子，她頭髮垂下來，輕輕搔著他的臉頰和脖子，有點癢癢的。他也聞到了她身上幽微的香味。

下一堂課，在下課之前，王老師用透明的玻璃紙包了一隻摺好的青蛙給他。那是用綠色的色紙摺成的。那隻青蛙並不大，摺得很別致。老師把它放在桌上，他眼睜睜的看著，不敢去碰它。

下課的時候，老師還沒有走到門口，坐在旁邊的張正仁一伸手就把青蛙抓走了。一下子，幾乎全班的同學都趕過來搶那隻紙青蛙。

王老師又走回來。

「林敏忠，拿過來給我。」

紙青蛙已被弄縐了，王老師用手把它撫平，叫陳明祥拿出一本書，把它夾好，叫他收到書包裡。

那一天，大家都要來看王老師做給他的紙青蛙。他只是不肯。為了保護紙青蛙，他連廁所都不敢去。

「紙青蛙」「紙青蛙」，同學們開始哄笑他。

他回到家裡，把書包放好，取出那一本書，翻閱夾著玻璃紙的地方。綠色的紙青蛙還在裡面，不過玻璃紙和紙青蛙都還是緺緺的。

他又看著紙青蛙。他知道那是用色紙做的，而且是包在玻璃紙裡面的。王老師為什麼要送紙青蛙給他？

他知道王老師很疼他。他伸手去碰它，但是還是有一點不自在。他又想起了王老師的頭髮，輕搔著他的臉頰和脖子的感覺。還有她身上的香味。那是自然的香味？還是香水的味道？

他拿了一支鉛筆去碰觸一下，而後把玻璃紙挑開。青蛙是用色紙摺成的。平常，他也用色紙摺船、摺飛機。為什麼摺成青蛙，他就怕？

那隻青蛙，緺緺的，看來有點歪歪斜斜的。

那是王老師自己摺的吧，一定是的。王老師的手指，又長又白。他想著王老師摺青蛙的手指。

王老師剛給他的時候，摺得很平。他伸出手，他的手指有點顫抖。王老師的手指，又長又白。王老師的手指會顫抖嗎？他再伸出一點，他的手指已碰到紙青蛙了。他停了一下，而後用手指壓了它一下。紙是乾乾的，完全沒有那種軟軟、黏黏的感覺。

他用手掌把紙再用力壓下，想把它壓平。

紙青蛙並不大，只有四公分多。他看著青蛙的眼睛。

王老師曾經講過，有一種蝴蝶，翅膀上有圓圈，像眼睛。麻雀看著，不敢接近。但是，如果把圓圈抹掉，麻雀不但敢靠近，而且會去啄食牠。

王老師為什麼沒有在紙青蛙上畫眼睛呢？他拿起黑筆，在那長方形的眼睛上，各畫上一個圓圓的黑圈。一畫上眼睛，那紙青蛙就更像真的了。他自己也嚇一跳，把手縮了回來。

那是假的，而且是用紙做成的。他把紙青蛙拿起來。他不怕紙青蛙了。其實，以前他並不怕青蛙。以前，他就釣過青蛙，也捉過青蛙。他用一根竹枝，繫一條線，線的下端結一條蚯蚓，不必用鉤子。然後在草叢裡一抖一抖，青蛙會跳上來咬住蚯蚓，青蛙一咬住，就不肯放開。他用麵粉袋接住，把青蛙抖進麵粉袋裡。他就帶那些青蛙回去餵鴨子。

那時候，他是小學三年級吧，阿地他們已是國中生了。有一次，他跟阿地他們一起去阿火姆家的古井邊，看到一簍，大概有十隻大青蛙，是阿火姆買來要拿去放生的。阿地把大青蛙一隻一隻捉起來，用稻稈插進肛門，而後猛吹氣。他說不要，阿地不聽，把那些青蛙的肚子都吹成大氣球，白白的肚子翻上，躺在那裡無力地踢動著腳掙扎著，有的已快死掉了。阿火姆很生氣，跑到他家裡來問罪。他很害怕，說那是阿地做的。

阿地回去，被他老爸用扁擔揍了一頓。

「報馬仔，報馬仔。」阿地一直這樣罵他。

那以後，阿地他們出門，他要跟，阿地他們就會趕他。

有一次，他又跟阿地他們出去。他們走到草寮那邊，阿地叫他閉住眼睛，把雙手舉到胸前。

「做什麼？」

「送你一隻大青蛙。很大，而且很漂亮，背上還有金線呢。」

「快舉起手。」別的孩子也叫著。

「青蛙有多大？」

「很大，很大。你想多大，就有多大。你趕快想。」別的小孩張開雙手一比，又哈哈的笑了起來。

「你騙人。我不要。」

「你不要，好了，你以後不要跟屎尾。」

他只好照阿地說的，舉起手，閉著眼睛，想著大青蛙，比阿火姆買來放生的，還要大。阿地把大青蛙放在他的雙手上。大青蛙，軟軟黏黏的，卻不動。那些孩子，好像騷動了一下。

「噓！」是阿地的聲音。

「……」沒有回答。

他睜開眼睛一看，手掌上的，哪裡是大青蛙，卻是一尾青竹絲。

「哎喲！」他一驚，雙手一揚，把青竹絲往上一拋，不知拋到哪裡去了。

「哈哈哈！」

「哈哈哈！」大家都笑著。

那天晚上，他一直作夢，夢見青蛙，也夢見蛇。一下子蛇變成青蛙，一下子青蛙又變成蛇。蛇的眼睛和舌頭，都是紅色的。以後，他時常作那種夢，有時還會從夢中驚醒過來，也會流下滿身冷汗。

他並不是怕青蛙。每次，他看到青蛙，就自然會想到了蛇。那以後，他也怕起青蛙來了。

王老師給他紙青蛙的時候，什麼也沒有說。但是，他知道老師的意思。而實際上，他也已經敢觸摸紙青蛙了。至於真正的青蛙呢？

他走下石階路，走到環山的柏油路。那是路的最高點，兩邊都是下山的，在那裡，可以看到路上有不少動物。有蚯蚓、蝸牛、蛞蝓，也有青蛙。青蛙是用跳的，其他的都慢慢爬動著。

路上，沒有什麼人。

忽然，有一部汽車開過來。這裡已是校園裡了，車子很少。輪子轉過的地方，已有一些小動物被輾碎了。

他沿著柏油路走下去。路的兩側，一邊高，一邊低。靠山的那一邊反而低。另外的那一邊，有一條排水溝，水從山上面注下來，有的從柏油路這邊流下去。水流混濁而急湍。

路靠山的一邊是草叢。

他順著柏油路，往下走了一、二十公尺。他看到路上有許多小青蛙。牠們有大的，也有小的，顏色也不一樣。大部分是土褐色的，有的帶點赭色，也有的帶點綠色。

最奇怪的事是，牠們都是往同一個方向跳，慢慢的跳。牠們是從草叢那邊出來，跳往水溝的那一邊。

為什麼呢？他發現，草叢那邊好像積了不少水。這會是原因嗎？

他遠遠的看著。一隻又一隻，慢慢的橫過馬路，好像是在遷徙一般。

有一隻比較大的，也是褐色的，身長有三公分多。跳得比較快已跳到水溝邊的水泥護岸上，停了下來。下面，水溝的水流得很快，不停滾動著。水溝有六十公分寬，牠每一步只有十公分左右，牠能跳過去嗎？

但是，牠卻靜靜的停在那裡，像站在屋簷邊的貓，仔細的衡量另外一邊的寬度和深度。牠也知道危險的吧。看來，牠很聰明。他想，牠會折回去的吧？

砰！他剛想到這裡，那青蛙後腿一踢，剛好跳到水溝的中間，急湍的水流，立即把牠捲了進去，只看牠在水裡翻滾了一下，很快的，沖到下面很遠的地方去了。

「笨！」他大聲的說。

他再看，路上還有許多青蛙在跳著，依然向著水溝的方向。他走到一隻比較大的青蛙面前，差不多三十公分的地方，用力踩著腳，想把牠趕回去。青蛙停了一下，而後斜步跳開一、兩步，又轉正方向，往水溝的方向跳。這時，他更明顯的看到路的傾斜。草叢的那邊高，水溝的這邊低。這也是原因嗎？

「回去！回去！」

但是，似乎沒有一隻青蛙聽他的話。

「怎麼辦？」

他走到山坡上，折了一支竹枝，在青蛙前面拍著。青蛙不聽，他用竹枝把青蛙撥回去。青蛙身子翻了一下，四腳朝天，但是很快的又翻回來，依然把方向轉好，慢慢跳向水溝。

又有一隻跳到水溝邊了。他趕過去，但是，他人一接近，那隻青蛙，又是砰的一聲，跳進水溝裡了。

「怎麼辦？」

他知道最好的方法，就是用手去抓，把牠送回另外的一邊。但是，他怕。他不敢去碰牠。

王老師叫他不要怕。王老師送了一隻紙青蛙給他。開始，他連紙青蛙都怕，現在他不怕了。這是一種轉變。

他把竹枝丟下，在一隻青蛙前面蹲下。青蛙停下來，看他。他看到了青蛙的眼睛好像往上睜著。牠的眼睛很小。但是，那還是眼睛。他想到在夢裡看到的蛇的眼睛。

他伸出手。他的手有點抖。他的額頭冒出汗。是汗？還是雨水？他身體熱熱的，應該是汗。

如果，他不把牠抓回去，牠又要跳到水溝裡了。一旦跳進水溝，是一定沒有命的。

想到這裡，他的眼睛有點熱。

快，路上有那麼多的青蛙，一直跳向水溝。

他伸手。他看著青蛙，也看著自己的手。

他又想到王老師摺紙青蛙的手。她摺一下，而後用手把它撫平。她的手很白，手指細細長長的。

他把手更伸近一點，就要碰到青蛙了。那是青蛙，不是蛇。不要怕。

他用手很快把青蛙撥一下。溼溼的，軟軟的。青蛙身子一翻，但立即又爬起來。

「我碰到牠了！」他對自己說。

但是，青蛙還是和以前一樣，把方向調整好，再跳向水溝。

「有夠笨！」他大聲說，好像對青蛙，也好像對自己說的。

他伸手抓住一隻，迅速丟向另外一邊。他做到了，他做到了。他走過去一看，也許丟得太遠，也許丟得太重，青蛙躺在那邊，肚子向上，慢慢的伸動著腳，卻無力翻身回來。他把牠翻好，牠還是靜靜趴在那裡。會不會死掉？

他再走回來，看著一隻跳到最靠近水溝的青蛙。

他知道，王老師為什麼摺紙青蛙給他。

他蹲下身，向前一步，伸手撲住青蛙。青蛙在手掌裡動著，溼溼軟軟的。他緊緊的抓住牠。青蛙在他的手掌中，踢著腿掙扎著。不能放手，他對自己說，一旦放手，就要從頭再來了。他抓牠到路的另外一邊，輕輕的放下。青蛙靜靜的趴在那裡，眼睛朝上，好像在看著他。

「我，我做到了！」他大聲對自己說，也好像在對那隻青蛙說。

他知道，他的身體很熱，一定流了不少汗了。

就在這時候，他好像看到了王老師露出虎牙對他微笑著。

——選自《紙青蛙：鄭清文精選集》二〇一〇年四月初版，頁一九四—二〇五

賞析

這篇小說寫得很深刻、很集中。主人翁陳明祥是一位學童，原本害怕青蛙，但他有一顆善良的心，在某個雨天為了救青蛙，終於克服心中的恐懼。而他能克服恐懼，跟王老師的鼓勵有關，順道寫出一段少男似有若無的情愫。

就寫作技巧來說，本篇緊貼著主人翁來寫，細緻地寫出他的內心轉折。讀者在閱讀的過程中，也因站在他的視角，體會了一段驚心動魄的成長。

作者鄭清文先生是台灣短篇小說大師，本篇篇幅雖短，但展現出深厚的描寫功力。

作者簡介

鄭清文（一九三二——二〇一七）

出生於桃園，台大商學系畢業，作品有小說《鄭清文短篇小說全集》七卷，童話《燕心果》、《天燈・母親》、《採桃記》，及文學、文化評論《小國家大文學》、《多情與嚴法》等。曾獲九歌年度童話獎、台灣文學獎、吳三連文學獎、時報文學獎推薦獎、金鼎獎、小太陽獎等重要獎項；一九九九年由美國哥倫比亞大學出版的短篇小說集《三腳馬》英文版，獲得美國舊金山大學環太平洋中心所頒的「桐山環太平洋書卷獎」（現改為「桐山獎」）。二〇〇五年獲得第九屆國家文藝獎。

黃水袋

陳玉珠

路隊長在走廊直呼喚：「快遲到了，再不出來，我們可要先走了！」

「好啦，好啦，再等我一秒鐘行不行？」小芳急得滿身大汗，把書桌的每個抽屜都翻得亂七八糟了，就是找不到今天上課要用的東西。

「哎呀！小芳，你還在找什麼？同學都等得不耐煩了，別為了你一個人耽誤大家呀！」媽媽趕緊放下工作，探頭看看小芳，忍不住又嘀咕：「說過多少遍了，東西用過要放回原位，免得以後要用時找不到……」

「有啊！有啊！我明明放在下面的大櫃子裡，我記得很清楚的，誰給我亂動的嘛？」小芳的眉頭一皺，都快哭出來了。

「小芳！一秒鐘到了！」外面七嘴八舌的大叫著，越是急，越慌張，媽媽也沒時間多責備小芳了，匆匆的從浴室裡提了到海灘玩沙用的小塑膠桶，交給小芳說：「喏，你就暫時用這個吧！」

嘟著嘴，也只好將就了。一路上，路隊長走得好快，那些小個子的同學半跑著直埋怨——不是埋怨行進快，而是……真不是味道，都怪小芳是「蝸牛」呢！

課間活動一完，就是「校園寫生」了，小芳提了水，在生物教材園旁邊立好了畫架，正四面觀望取景的時候，突然眼睛一亮——校門前的小圓環磨石子邊上，一個黃水袋親切的挺立著。「那不是我的黃水袋嗎？」小芳一陣驚喜，可是，接著看到的事卻叫她發呆了，黃水袋的畫架後面冒出一個頭來，把水彩筆插進黃水袋裡，又把黃水袋提到畫架右腳下。

「我記得上星期上美術課的時候，含笑還提著舊油漆桶當水罐。」小芳直瞪著正在使用黃水袋的含笑，心臟「突」「突」的跳得好激烈：「怪不得我怎麼找都找不到，她拿走我的黃水袋了，她，她，含笑，是小偷！」

小芳眨著眼，「小偷」這個詞一出現在她的腦海裡，她就憤怒得捏緊了拳頭。「好卑鄙的小偷，賊仔，上回還假惺惺的稱讚我的黃水袋漂亮，原來就是看上了我的黃水袋！」

「小芳，你看，含笑的水袋跟你的一樣哦！」美理在她後面畫，忽然插嘴，一低頭，她又說：「咦？你的水袋怎麼不帶來用，我覺得那種吹氣的水袋很不錯，又方便又好看，真希望我也有一個，人家含笑的舅舅特地買一個送給她呢！我舅舅呀！最小氣了，從來沒買過東西送我……」

美理嘰嘰喳喳的直說話，小芳卻在憤怒中漸漸放鬆了拳頭，她心裡想：「好，含笑，你早都設計好了，就算我去指認，同學也不會相信，反而會替你說話，那個水袋，就算我送給你好了，但是，從今天起，我不會再跟你說話，我沒有你這樣的朋友！」

在亂紛紛的心情下，草草塗完畫紙，回教室後，小芳一直繃著臉，含笑還滿臉含笑的向小芳打招呼呢！小芳只投給她不屑的一瞥，也不知含笑是不是太得意了，居然不明白小芳的表情，仍舊跟別的同學有說有笑，不斷的炫耀黃水袋。

小芳整天都很難受，難受中，有時又想起「偉大」這個詞來。「我絕不揭穿她，她的家境不太好，我丟了一個水袋算不了什麼，就讓她高興高興吧！這樣我的作法也是很了不起的呀！」

但是多半的時候，小芳的心情是受到壓迫的，她好幾次差點就告訴旁邊的同學「事實真相」，總是話到嘴邊，又嚥回肚子裡去了。

下午回到家裡，懊喪的站在走廊下，猶疑著，到底要不要告訴媽媽這件事。考慮了好久。水袋找不到，媽媽會責備自己太粗心、散漫、沒女孩子樣，還是照說的好，不過，得盡量「輕描淡寫」的，沒什麼事一般的。

走到廚房，媽媽聽到腳步聲，頭也沒回就問：「回來啦？」

小芳說：「媽，那個黃水袋……」

話還沒說完，媽媽轉身提高了嗓門：「說你糊塗你還不承認，喏，在你的桌子後面地上找到的，以後東西要放好，不要隨便一塞，要用的時候才找得天翻地覆。」

黃水袋！小芳眼睛一亮，一時間又黯淡下來。老天！今天的日子真不是人過的，幸虧什麼話也沒說出來，要不然哪！唉唉！

——選自《魔鏡》一九八三年三月初版，頁六十九—七十三

賞析

陳玉珠是資深的兒童文學作家，筆下常帶一份溫柔敦厚。

這篇小說寫黃水袋的失而復得。熟知成語「疑鄰盜斧」典故的讀者，或許會看出本篇的架構與該故事雷同。但即使如此，陳玉珠仍添加不少新意。主角小芳有時會負氣想：「就算我去指認，同學也不會相信，反而會替你說話，那個水袋，就算我送給你好了。」有時又會自以為「偉大」：「我絕不揭穿她，她的家境不太好，我丟了一個水袋算不了什麼，就讓她高興高興吧！」小芳的思緒不斷變化，讓簡單的故事多了層次。

末尾真相揭曉，小芳雖讓媽媽責罵一頓，但作者始終沒讓小芳因「說出真相」而出糗，讀者

想必也跟著鬆了一口氣吧！

作者簡介

陳玉珠（一九五〇——）

筆名陳熒，省立台南師專畢業。熱愛兒童文學，對少年小說、童話、童詩、兒歌等均有豐富的創作，著有《魔鏡》、《無鹽歲月》、《小池塘的歌王》等二十餘本兒童文學作品。曾獲教育部、教育廳兒童文學創作獎、中興文藝獎章、時報文學獎（童話推薦獎）、中華兒童文學獎、楊喚兒童文學紀念獎及多次洪建全兒童文學獎。

誰來陪我放熱汽球

小野

除夕前那幾天都在下著雨，他可以感到爸爸是心情惡劣的，因為他聽到爸爸和媽媽之間所談論的話都和公司有關，像公司裡的錢被人偷啦，有一張支票跳票啦，有筆生意沒談成啦，有朋友的孩子被綁票啦，雨老是下個不停啦，難怪他最近老是被爸爸罵。心情不好找別人出氣的人都是王八蛋——他不斷在嘴巴裡嘀咕著，有一次被爸爸聽到了，大吼一聲說：

「你說誰是王八蛋？」

「我是說……說老師。」

「為什麼？」

「老師心情不好就出一大堆功課折磨我們，老師心情不好就故意不讓我們上體育課……」

「你說謊。你敢罵，就要敢承認，你再說一遍，誰是王八蛋？我不會處罰你。」

爸爸往後退了一步，表示自己的承諾。

「我說的是你。」他終於很勇敢的承認了。

爸爸果然很守信諾的離去，然後倒在床上說頭昏，高血壓又要發作了。

他知道自己闖了禍，可是他也沒辦法控制自己，因為他真的覺得大人都是很愚蠢的。

昨天他也為了想吃冰花蛋球的事被爸爸誤會而感到委屈。他當初的確是想吃冰花蛋球的，可是也的確因為立刻想到自己是過敏氣喘的體質不能吃冰，所以才又立刻改口說：「啊，不能吃。」就因為這樣，爸爸硬說他是想吃又假裝不能吃，是一種虛偽的控訴。為了爸爸這樣的指責，他在日記上寫著：

「我以後決定要當一個卑鄙的小人，只要欺騙別人，只要有錢就做，反正連父母都不分青紅皂白了，小孩子也要向大人學，反正全世界的人都是愚蠢的。」

爸爸大概也發現自己做錯了，於是偷看了他的日記，並且給他留了張字條：

「1. 人，基本上是愚蠢的。

2. 爸爸大概是誤會你了，向你道歉。

3. 請對人性不要絕望、洩氣。」

除夕前兩天，難得出了太陽，爸爸從床上跳起來，對著媽媽叫著：

「啊，我被太陽嚇醒了，今天要出去工作了。」爸爸好像一直在等陽光，好像要拍一支廣告片，要有大太陽的。

快要放假了，心情很愉快，收到在美國的叔叔寄來的一支蝙蝠俠的手錶，又收到一個伯伯給他的蝙蝠俠筆記本，下午又看了電視裡的「蝙蝠俠」，真是非常蝙蝠的一天。

如果同樂會加慶生會那一天可以表演「西遊記」就好了，他就可以演他最拿手的孫悟空；可是其他同學都反對，說要表演一個連續劇，叫作「天眼」，故事是描述一個警察和綁匪鬥智的故事，而他偏偏被同學推選出來演那個大壞蛋的綁匪。他不想演，可是同學用民主表決的方式選上他，雖然興趣缺缺可是也得演。表演那天，輪到他們上場時他就很努力的想演好壞人，於是他用力勒住演被綁票的孩子的吳懷恩，勒住他的脖子，口中喊著：

「再哭就勒死你，然後把你殺死，丟到海裡去！」

台下的同學都樂得大叫大笑，他越演越起勁，整個人昂奮了起來，臉脹得通紅，手也更加使勁：

「你再哭啊，看我怎麼整你，我要把你的眼珠挖出來放在盤子裡，沾一點番茄醬吃掉，然後把你的手指一根一根剁下來，沾上麵粉炸一炸，像熱狗一樣，好吃好吃。」

吳懷恩嚇得大哭，又好像是在笑，反正越演越逼真，同學也大笑跟著拍手，他簡直過癮極了，學著大人的口氣繼續威脅下去：

「如果你敢違抗我的命令，就讓你一個月不准看卡通，一年不准玩電動玩具，兩年內不給你零用錢，不准你吃飯、大便、小便，把你趕出家門，你這個沒出息、沒有用的傢伙！」

台下有同學大叫：

「喂，吳懷恩真的哭了呀，吳懷恩快被勒昏了，馬蓋仙！」

「那是裝的，他假裝的。」他繼續用力勒緊吳懷恩的脖子，直到老師衝上台來把他們分開，並且要他站到教室外面罰站，才結束這一場鬧劇。

如果照他原來的建議表演「西遊記」就好了，他可以演孫悟空讓大家笑個夠，他為了演孫悟空還在家裡練耍棍子，練習翻滾，而且還想好一些廣告詞，很好笑的。

不過，這些不愉快的事都要過了，就像這學期所發生的那些令人洩氣的事，像媽媽曾經為了他數學考了八十四分而宣布從此不再為他復習功課，從此對他「死了心」那件事，他還一度想去「尋短見」。後來媽媽還是沒有放棄他，還是給他復習功課，他才知道，大人有時候就是嘴巴壞，心裡不一定是這樣想的，他決定原諒媽媽。

除夕前一天學校才正式放假，他忽然心生一計，找來幾個同學說，明天我們來做一件很過癮的事，那就是製造一個很大的熱汽球，大約一尺那麼長，然後在上面用螢光劑寫上賀詞，在中正紀念堂的廣場上放熱汽球，在除夕夜放到台北市的上空，讓全台北市的老師嚇一跳，因為他們會看到熱汽球上的螢光劑所寫的字：

「祝全國的老師新年快樂！」

他很興奮的對著幾個同學分配工作：

「楊大同，你負責買單光紙和描圖紙，李志剛，你只要準備鐵絲，要十六到二十號的那一種，吳懷恩，你只要帶螢光筆，多帶幾種顏色的，朱仁德，你準備剪刀、量角器、尺。」

「誰來做呢？」吳懷恩問他。

「當然是我，我會做。」他拍拍胸脯，很得意的擺了一個大力水手的握拳姿勢：

「馬蓋仙做事，你們放心。」

幾個同學都同意了他的作法，想在除夕好好的表現一下，給全國的老師一個驚喜，各自扛著重重的書包互道再見之後便分手了。

他回家之後便把這個大計畫告訴了爸爸和媽媽，媽媽第一個反應是：

「是誰提出來的？」

「是……是其他同學都說要做的，而且他們都已經去買單光紙、鐵絲、螢光筆了，我們約好在除夕那天晚上，施放熱汽球。」他撒了一個小謊。

「除夕晚上，大家都要回家吃年夜飯，要團圓，誰會和你去放熱汽球？」爸爸口氣中帶著一絲絲不悅。

「是你自己建議的吧？不然誰知道熱汽球怎麼做？」媽媽又逼問了一句。

「這期的《幼獅少年》有介紹做熱汽球，很簡單的，是Baby型的，小孩都會做。」他很急切的想爭取父母的支持：

「我會做。」

「你一定向同學誇下海口了吧？你知道熱汽球是很危險嗎？」爸爸又逼問了一句。

「不會危險，《幼獅少年》說的。」他很篤定的回答。

「誰敢保證？而且我懷疑，你那些同學的父母會同意你們在除夕夜到中正紀念堂放熱汽球？我很懷疑。」

「他們都答應了。」他又補了一句，眼淚都快掉了下來。

外面又下起雨來，爸媽剛從公司回來，正在討論公司要不要關門大吉的事情，媽媽背了一大袋的公司帳目回家，氣都沒喘一下。媽媽望著很洩氣的爸爸，爸爸望著很洩氣的他，沉默了好一陣子，忽然爸爸笑了起來，對他說：

「好吧，我支持你去放熱汽球。不過，你一定要先在家裡做一次，做成功了，再約同學，不然明天當場做，萬一失敗了，不是很漏氣，馬蓋仙是不會漏氣的，對不對？」

「好，我一定辦到。」他很有把握的說，也笑了起來。

一整個下午，媽媽都趴在書桌前整理帳目，拿出一大堆她很陌生的表格研究，爸爸開始洗紗窗、擦地，準備迎接一個不怎麼期待的舊曆年。

雨仍然下著。

他打開《幼獅少年》第一五九期，封面是一個國一的女生抱著洋娃娃，牆上貼滿了「張信哲」、「少年隊」和一張宣傳巧克力的海報，他翻到那一頁〈讓快樂飛向藍天〉，然後照著上面所描述的方法，開始在一張白紙上畫圖。

他用量角器和尺量著，然後很仔細的畫下第一片熱汽球的基本單位，他非常仔細的剪下第一片，然後照著第一片的樣子再剪了八片，他小心翼翼的把八片像子彈形狀的紙用漿糊黏貼了起來。

外面還在下著雨，他的額頭開始冒汗，他感到自己就要完成了。

爸爸一邊擦著紗窗，一邊對趴在書桌前算帳的媽媽說：

「他有這種想法是好的，要鼓勵，不要洩他的氣，不過，讓他面對現實，一步步做，也許他會因為知道是空想，做不出來，只好自動放棄……我們不要先阻止他，讓他去做，讓他自己去發現那只是想像，並不切實際……。」

「對啦，這樣做是對的。反正他做不出來以後，只好放棄。」媽媽點頭同意，然後又低頭整理千頭萬緒的帳目。

他手中捧著一個已經黏貼完成的小型熱汽球，衝進書房對父母親大喊：

「你們看，我實驗成功了，你們看，我做好了，除夕那一天，只要照這個樣子放大就好。」

站在窗子上的爸爸傻在那兒，因為他真的做到了，還來不及稱讚他，他已經一溜煙的去分別打電話給同學們，宣布自己實驗成功的事。

結果他打了四通電話，反應各自不同。

楊大同去補習英文了，他的媽媽代他回答說，明天楊大同沒空出去玩。

李志剛說他不想去放熱汽球了，因為明天全家要回新店去吃年夜飯。

吳懷恩說他被爸爸罵，要在家裡念書，而且他也沒有錢買螢光筆。

朱仁德的姊姊接的電話，說朱仁德去補習作文了，明天要回南部。

掛掉了這些電話，他一聲不響的走回書房去，口裡又開始嘀咕起來：

「算了，大家都不要放熱汽球就算了，才不稀罕呢……」

爸爸走進書房，問他：

「怎麼樣，明天的計畫如何？」

他悶不吭聲，猶豫了一下：

「我不想放了。」

「為什麼？」

「沒為什麼，除夕要吃年夜飯嘛。」他把小型的熱汽球放在書桌檯燈下，自己欣賞著。

除夕那天晚上，他和全家人去了爺爺奶奶家吃年夜飯，奶奶準備了大魚大肉，他吃得非常過癮，媽媽也沒有像過去那樣怕他吃得太胖而限制他吃的量。

吃完晚飯後，爺爺展示他在中風物理治療成功之後所寫的毛筆字，內容包括唐太宗的百字詩、好了歌、相人術，爸爸和媽媽對著相人術討論著，好像用相人術裡的那些形容詞來找著他們相類似的朋友和同事們，他覺得無聊，便去看電視的除夕特別節目了。

除夕晚上，回到家以後，爸爸忙著把爺爺寫的春聯張貼在大門外，外面的鞭炮聲忽然此起彼落了起來。

他聽到媽媽對著爸爸說：

「我看，公司還是繼續開下去吧，我去找人來負責做帳，我們把公司撐下去。」

爸爸沒有吭聲，也許是因為鞭炮聲太大，他不想講話。

他忽然想到，也許明天，買一大堆沖天炮，然後把熱汽球綁在沖天炮上，在熱汽球上面寫著：「恭喜發財」四個字，沖上天，落在誰家的屋頂，那家人今年就會有發財運。

想到這兒，他就偷偷的笑了起來，這個計畫連爸、媽都不要說，到時候，讓他們嚇一跳，最好，那個熱汽球沖上天以後，又落到我們自己家的屋頂，那就太妙了。

他摸著小小的熱汽球，非常欣賞自己的發出了怪笑聲，外面又傳來了鞭炮聲。

明天，就是新年了。

——選自《誰來陪我放熱汽球：小野精選集》二〇一〇年四月初版，頁一九八—二〇八

賞析

這是一篇熱鬧、好看的小說。小說時間設定在過農曆年前夕，原本應是喜氣洋洋，但開頭就說爸爸因事業不順，心情惡劣，這讓主角也快樂不起來。他在家裡及學校都面臨一些小狀況，但他基本上是有主見的小大人，能用自己的眼光思考世界，理解「這些不愉快的事都要過了」、「大

人有時候就是嘴巴壞」。

他也是點子豐富的人，想在除夕夜做一件很過癮的事，做出一個大型熱汽球，除夕夜放到台北市上空，祝全國老師新年快樂！

隨著新年到來，家裡的狀況暫時解除了。放熱汽球的願望最終並未實現，但重要的是過程，包括被同學「放鴿子」，也是一種成長的經驗。

作者簡介

小野（一九五一——）

本名李遠，他的工作範圍橫跨許多不同的媒體，如電影、電視、廣告、文學和教育。擔任過中影製片企劃部副理、台視節目部經理、華視總經理、台北市文化基金會董事長、台北電影節主席。文學作品及電影劇本創作超過一百部。他的文學作品和電影作品得過許多大獎，像聯合報小說比賽的首獎、亞太影展最佳編劇獎、電影金馬獎最佳編劇獎、金鼎獎最佳著作獎等。他的文學作品和電影作品一直很暢銷和賣座。著有《蛹之生》、《有些事，這些年我才懂》、《關於人生，我最想告訴你的事》等。

洪不郎

李潼

潘金勇投一個高壓下墜球餵給第八棒的小個子吃。二出局，一在壘。小個子亂揮砍，給他砍了一支二游間滾地球，球速不強，但是亂蹦跳。那個第八棒和一壘的第五棒死命跑，扭得很難看。「滑壘！滑壘！」對方的大肚教練一喊，兩個跑壘的傢伙隨即俯衝下去。

亂蹦跳的球鑽過潘金勇胯間，潘金勇劈腿坐下，也沒壓住它。洪不郎閃過二壘跑者，沒等他滑壘，自己先滑一跤。他那個開中藥房的老爸和徐教練喊他，「撿起來！傳一壘」，游擊手的洪不郎趴在內野紅土上，將球攔住。

兩個跑壘者俯衝太早，人停了，雙手離壘包還有一人遠，狗爬過去。洪不郎也是那樣狗爬式的去撿球。

洪不郎爬得沒別人快。裁判雙手劃平，安全上壘。

我們這些坐板凳的人，沒一個坐得住。七局下半，四比三我們領先，只要再收拾一個就沒事了。洪不郎怎麼又這樣？

「安啦，沒要緊，三壘和本壘的人要顧牢，我們會贏啦。」洪老闆大聲叫道，居然脫下帽子在頭頂飛旋，好像有人打了全壘打，或是要召集隊員回來。

徐教練臉色不好，氣沖沖喊暫停。我趕緊把那壺人參茶提過去。

隊員都小跑步回來了，圍在場邊等教練指示，一隊人都到齊，洪不郎還瘸著一腿慢慢蹬步，好像給扭了筋。他每次漏接球，總又跟著受傷，也不知是真是假！

徐教練瞪眼，等洪不郎。我倒一大杯人參茶讓大家輪流喝；捕手林萬佶不喝，把杯子交給一壘手毛書文，毛書文傳給二壘手邱煜基，邱煜基也不敢喝。這杯人參茶冷熱適中，也沒再摻些別的，卻又像傳球似的，又從三壘手的洛卡仔傳回本壘，給本壘外的徐教練，徐教練仰頭整杯灌下。

人參茶真有功效，徐教練才灌下精神又好了一倍，「每個人都要加強守備，不准再漏接，誰給我漏了，我就要他負責。對方，現在可能採取觸擊，讓我們亂；但是，我們不要亂，只要封殺最近的一壘，我們就贏了，知道嗎？」

徐教練說得這樣大聲，不怕戰略給對方聽見？大家點頭，我也跟著點頭。徐教練要洪不郎和左外野手對調。

「徐教練，我看對方不會採取觸擊。」洪不郎的老爸說：「換了我，我會找代打，打一支大支的『洪不郎』，一次就結束比賽。」

大家都愣住了，怎麼這樣說呢？我們已經夠緊張，還這樣嚇我們。洪老闆知不知道他是哪一國的？

「我是教練，讓我來指揮。剛才，漏接那個球，我還沒罵人，這場球要是沒贏，我們就『奧漬』你知道嗎？說什麼。」

「你把他調去左外野，我也沒說話。剛才要不是那個投手擋到他的視線，他會漏接？你要知道，我是最支持這個球隊的，你為什麼不乾脆把他換下來，換下來啊。」洪老闆說著，伸手去拉洪不郎，洪不郎往後退，沒給抓到。

「你還想打球，我們可以轉學，到別的球隊，不怕沒人要。跟這個番仔隊，給調來調去，我們不必受這個氣，走！我們不稀罕。」

灌了一滿杯人參茶的徐教練，似乎也動氣了，抓住我，「把茶壺放下，左外野手不換，換你跑游擊手。」

換我？我還沒熱身哩。我上去，洪不郎怎麼辦？大家要怎麼辦，以後不就沒有人參茶可以喝了嗎？徐教練會不會給換掉？哎，一定是那杯人參茶害了他。

我們的所有球具和一個人兩套球衣，都是洪不郎他老爸供應的，學校只發動勞動服務來整理場地，買了一打球。

本來，我們也沒有組球隊這樣正經出來比賽的意思，大家只是隨便玩，只有一支球棒、一個球和一副手套，禮拜天早上到操場打一場。

有一天，徐教練騎摩托車來遛狗，那隻秋田狗把我們的外野滾地球咬走不還，沒人敢去要回來。那麼大一隻，站起來都比我們高，誰敢？徐教練去要，秋田狗也不還，跑去溜滑梯底下，把我們的寶貝球咬成一團破抹布。

徐教練賠了兩個舊球、一支球棒和三副手套，有一副還是捕手手套，我們才知道他會打棒球；而且曾經是公賣局棒球隊的王牌投手。

是他自己要當我們教練的。每次把那隻秋田狗綁在溜滑梯下，教我們做熱身操、做基本動作，從捕手教到投手、各壘手，從內野、外野守備到各種打擊，才過了一學期，我們就很厲害了。

徐教練的朋友是明禮少棒隊的教練，他們在花崗山上練習，我們去山上當靶子，借他們的全套球具。每次我們一上壘，那些有制服穿的人就喊：「沒要緊！」越喊越沒聲音，打了五局就不打了，七比〇。換了我，也叫不出來。

洪不郎他老爸，也是我們沒要他來，他自己來的。

說是洪文勝自從打棒球，回家後，每餐都吃三碗飯，氣喘不見了，臉色好看了，勝過吃燉補。他來操場觀戰，每次都帶一包高麗人參片，教我們含在舌頭下，生津解渴，滋補元氣。

洪老闆大概也常吃人參，所以中氣足、嗓門洪亮。沒聽洪不郎說他老爸打過棒球；但是規則和戰術他是懂的，要不，洪老闆哪敢指揮我們這樣、那樣。

練習或比賽，徐教練很少對我們大吼大叫，反倒都是洪老闆的聲音。人家說投手出身的教練大多這樣，最會叫的是外野手或老球迷出身的；不知洪不郎他老爸怎麼回事？先是來送人參片，坐在司令台看我們練球，後來每一場球都到，從三壘外游走到一壘外，喊叫兼拍掌，像游擊手。

平常守備，我比洪不郎好太多，要是正式上場，我想也不會像他老漏接。我從來沒吃燉補，打擊力和洪不郎也差不多，但我總是當候補、代打。我也不是怨什麼，誰叫我不像潘金勇那樣會投變化球；不像毛書文打全壘打，我是「全能球員」，什麼都會一點，所以幫大家提茶壺、遞毛巾、「隨時準備上場」，也是應該的。我不能說洪不郎什麼，沒有他，我們現在恐怕還在空手接球，也不知人參是什麼味道。

有時候，我想，要是沒有徐教練和洪老闆，我們像從前一樣自己當裁判、自己玩，說不定也不錯；至少用輪流的，誰都有機會上場。其實誰打第幾棒，誰站什麼位置，沒有他們，我們也知道。

潘金勇是阿美族酋長的孫子，他投球最穩最直；毛書文住防空學校眷村，長得像黑人混血兒，但他說他老爸是浙江人，老媽是花蓮人；盜壘王邱煜基講客家話，住在鐵路局的日本式宿舍；老爸開茶室的林萬佶是我們的捕手，他蹲再久也不喊腿酸。

那時候，我們的球具也是洪不郎的，所以星期日早上，大家都要等他來；洪不郎不敢很跩，要不，我們早就不理他了。誰都難免家裡有事，遲到或不能來，也沒人說誰，人數湊齊了，我們就玩。

徐教練做人不錯，不會亂吼叫、罵我們；那時候他當我們的義務教練，大家都有進步，很開心。但是自從那次去花崗山當明禮隊的靶子隊獲勝後，我們就越來越覺得奇怪，洪老闆要徐教練把洪不郎調為捕手試試看，他就把林萬佶換下來，讓他試。洪不郎叫說手掌痛（他還不敢說潘金勇的球太強），徐教練又聽洪老闆的意思，讓他試投手，就這樣，洪不郎又從一壘手試到二壘手、游擊手、三壘手，整整試了一整圈，所以我們叫他「洪不郎」。

後來，我們聽家裡開茶室的林萬佶說，洪老闆包了我們這支球隊，徐教練每個月向他領薪水。洪老闆當選我們學校的家長會長，每次開家長會，都有人參茶喝；校長對他很有禮貌。

洪不郎的選球能力，怎麼輪也輪不到第一棒，他偏偏從第一棒打起，四、五、六棒強打也輪過。有一次跟壽豐打，七局下半，我們後攻，二比一，我們落後，二出局三在壘，輪第四棒洪不郎打擊。毛書文告訴教練要派我代打，洪老闆不說別人，反過來罵我：「有第四棒找人代打的嗎？你，去倒一杯茶給我。」

我們輸了那場球；洪不郎被活活三振。

大家默默收拾球具，不知該怎麼說，洪不郎拄著球棒，俟了半天，囁嚅說：「是我不好，不應該亂揮棒。」

說起來洪不郎也很可憐，在打擊位置，聽他老爸喊：「給他一支大支的！」徐教練給的暗號又是觸擊，而對方投手不斷牽制在壘者。他擺了姿勢，給這一折騰，哪還能專心？換了我，恐怕也是三振的命。

洪老闆卻說：「別講這麼多啦，輸球大家都有責任。一隊雜牌軍，什麼人都有，怎麼打球？」

徐教練聽得一愣，站起來，卻沒說什麼。

我們都是同班同學，為什麼說雜牌軍？從前，沒人管，也玩得好好的，散場以後有時間，我們常到處去家庭訪問，我們去潘金勇他祖母的藤屋吃番薯；到毛書文他家揉麵粉，做蔥油餅（他家有一大包的配給麵粉，聽說每個月由軍用卡車載來發）；也到過洪不郎他老爸的中藥房喝茶，擺在店裡給顧客喝的，苦苦、甜甜的，洪不郎說可以滋陰補肺，也不知什麼意思。

我們還去邱煜基家裡吃粄條，事先，盜壘王教我們講一句客家話，等熱騰騰的豆芽菜粄條湯麵端到小桌來，我們一個個說「按仔細」，樂得邱煜基他母親直笑，說我們「按些客氣」。連林萬佶的家我們也去訪問過，從他們茶室後面進去，看到幾個漂亮的小姐端著臉盆來來去去，到處都是腥腥的氣味；林萬佶跟他老媽要錢，請我們去大水溝邊吃花豆綿綿冰。怎說我們是雜牌軍？

也許，投手出身的徐教練口才不好，不知怎麼回應洪老闆；也許是給林萬佶說中了，雇員怎敢跟老闆應嘴；也許林萬佶是事後諸葛亮，放馬後炮，但他說得很準，我們的球隊不會那麼快解散。那天過後，校長來精神訓話，他要大家為學校榮譽發揮團結的精神，不要為小事情鬧不愉快，大家要團結才能爭取更大的成功，有機會代表地方、代表國家出外比賽。

人參茶裡不知還摻了什麼，徐教練真把我換上場當游擊手，讓洪不郎下來休息。洪老闆的臉色真有夠難看，我接過洪不郎的手套，換他提茶壺；他老爸忽然大吼一聲：「這種球不用打了，我們回去，要打，讓他們自己打。看他有什麼本事。」

難怪洪老闆要生氣，洪不郎給排在第七棒打擊，近視眼也看得出他已不高興。洪不郎從沒站過外野守備，他老爸去也不讓他去，徐教練竟敢把他換下來，洪老闆怎麼受得了？

對方的士氣大振，在鐵欄裡亂吼亂叫，他們的第九棒也換代打，上來一個超級馬達的胖子，扛著球棒在打擊位置一直扭屁股。這傢伙真要上來揮大支的嗎？徐教練卻招手要我們縮小守備圈，他真的想對方會採觸擊，先占滿壘，一分一分把我們吃掉。

對方的教練是徐教練從前公賣局隊的外野手，也許徐教練早知道他很會叫，也知道他的戰術，派這個大傢伙上來代打，只是虛晃一招，想讓我們上當，把守備拉遠。徐教練才沒那麼笨！

我彎下半身，在一、二壘間擺動。平常練習，我的守備很少漏接的，我想好，要是胖子的觸擊球滾來，最好滾到我這裡，我穩穩接到，傳一壘，那就沒事了；要是一壘手衝出去，我就奔去補位，等接球；要是……球都不來，我不用接球，也不會漏接，這也不錯。

洪老闆是個懂得規則和戰術的人，而且，他猜得很準。

對方那胖子真狠，一棒把潘金勇的快速直球打得遠遠，比鴿子飛得還高；我們看著外野手奔去追它，那只球遲遲不落下，好像要去禪寺的厝骨塔報到。

我們聽到洪老闆叫說：「看吧！看吧！不聽我講。」

我們真的「奧漬」了。四比六，沒有進入決賽。

徐教練也「奧漬」了。他在球賽後第三天，把洗淨摺齊的球衣還給洪不郎帶回去。又過一個禮拜，我們把全隊的球衣都交還學校，放進儲藏室，校長說：「等將來有機會再組隊為學校爭取榮譽。」等到什麼？等到再有個醫生或什麼老闆出錢出力，我們說不定已經畢業了。

棒球很硬，轉起來很奇怪，而且誰給沾上，怕是一輩子也忘不了；那些嗓門很大的老球迷是這樣，上場的球員和我這個提茶壺的更脫離不了。

我們這支雜軍牌還了球衣，忍不到一個月，又相約在禮拜天到操場玩球；儲藏室的老王認識我們，肯將全套球具外借。洪不郎仍然和我們一起輪流上場。他的膽子真大，還敢偷帶一包人參片出來，人參片太少，不夠分給大家含著生津解渴、滋補元氣；但是泡一壺茶也夠了。

不久，我們看到徐教練又騎著摩托車來操場遛狗，他說我們該學的都學了，他要再能教，都是我們不該學的。不知他說些什麼？反正，我們不穿球衣，玩得更開心，怕是那隻愛咬球的秋田狗，把我們的高飛球銜走，咬成一團抹布。這球是向學校借的，我們賠不起。

徐教練總在遠遠的溜滑梯附近兜圈子，靠近一點，過來喝一杯人參茶也不肯。

——選自《相思月娘：李潼短篇小說精選集》二〇一四年一月初版，頁十七—二十七；《打擊線上：台灣棒球小說風雲》二〇一三年八月初版，頁二十四—三十二

賞析

棒球是台灣最具代表性的運動。在一九七〇年代，台灣曾有少棒、青少棒及青棒「三冠王」揚威國際的年代，如今熱潮雖已冷卻，但棒球文化早已深入民間。

這篇小說以棒球為題材，但並未一味歌頌棒球運動。洪不郎是日語「全壘打」的諧音，這個外號卻不是因為他擅打全壘打、而是因為他的球技不佳得來的。這是諷刺的外號，但這外號是否令洪不郎本人難堪並非重點，因為他可能並不在乎這件事。包括敘事者、洪不郎及其他小球員，在乎的只是能不能快樂打球。

以兒童的眼光看大人，是少兒小說常見的手法。本篇雖然批判了運動之外的權力與金錢的糾葛，但作者的筆調幽默，讀來愉快，像棒球的單純本質一樣，好玩最重要！至於輸贏或榮辱，那是大人的事。

作者簡介

李潼（一九五三——二〇〇四）

少年小說作家。原名賴西安。出生花蓮，定居宜蘭縣羅東鎮。年輕時在校園民歌時代勤於歌詞創作，以〈廟會〉、〈月琴〉、〈散場電影〉最為膾炙人口。

曾獲國家文藝獎、洪建全兒童文學創作獎少年小說首獎、時報文學獎短篇小說評審獎及短篇小說獎等五十項文學重要獎項。散文〈老榕樹下讀報紙〉、〈油條報紙．文字夢〉選入國小國文課本。另有作品翻譯成英、日、韓等多國語文，並有作品改編為電視連續劇、舞台劇與動畫影片。

李潼致力少兒小說創作，一九九九年圓神出版社《台灣的兒女》系列十六冊為其代表作。作品有《夏日鷺鷥林》、《尋找中央山脈的弟兄》、《我們的祕魔岩》等。其他重要作品尚有《天鷹翱翔》、《順風耳的新香爐》、《再見天人菊》、《相思月娘》、《屏東姑丈》、《龍園的故事》、《見晴山》、《神祕谷》、《少年噶瑪蘭》、《望天丘》、《藍天燈塔》、《鞦韆上的鸚鵡》……等。

愛上風獅爺

鄭宗弦

當洋山灣粼粼的波光中，點綴著東北季風吹送而來的大杓鷸時，王智翔的腦海便會出現一尊高大嶄新的風獅爺。

那風獅爺人立著，水藍色的壯碩身軀上打了一條大紅披巾，銅鈴般的大眼和合不攏的闊嘴有著卡通人物的憨笑。那模樣宛如一位古意厚道的傻大個兒，穿著童軍服，熱心的在街頭站崗，保護村落安全。

「鈴……鈴……鈴……」白煙燻繞風獅爺，鈴聲循著規律的節奏響起，空中傳來威嚴莊重的唱咒：

「一枝斑管毛穎生，喝飲神砂點眼睛；明光照耀周法界，鑑察天地萬里程……」平緩雄渾的念唱，彷彿傳自亙古的安魂曲，使他忘卻擔驚受怕，沒有煩悶憂愁，完完全全沉浸在安全和舒鬆之中。那咒聲又像是一股生命流泉，淋洗那風獅爺，喚醒石心中沉睡的饕餮神靈。

風獅爺活起來了，祂一手頂天，一足頓地，擁他入懷中，他成了天真無邪，滿懷好奇的小紅嬰。霎時，有個影像與風獅爺交疊，那是他阿爸矮胖的身影和智翔滿心的歉意。

在金沙鎮，風獅爺並不少見，根據鎮公所調查，共有四十五尊之多，每尊的形態都是獨一無二的。有坐地的，有蹲立的，也有站直的；有齜牙咧嘴，猙獰凶悍的；有開口含笑，可愛逗趣的；也有一臉稚氣，撒嬌討喜狀的，各自具有獨特的生命力。

偏偏在智翔腦海中出現的總是高大人立，水藍憨厚的那一尊。

還記得那一年他讀高一，鎮郊的一個叉路口在半年內發生了兩次死亡車禍，一個國中女生被貨車輾過，一位老先生騎機車兀自撞上電線桿，兩人都是當場斃命。這在車子不多，馬路不擁擠的金門，是很不尋常的事情，於是大家紛紛傳言，是那兒煞氣太重所致。

智翔家做的是雜貨店的生意，柴米油鹽，賺點蠅頭小利，由阿母招呼，而阿爸是一位會作法的「師公」，頗受村人敬重。

在一連主持兩場招魂儀式之後，面對鎮民的憂心忡忡，智翔的阿爸決定請示神明，尋求解決之道。於是在他家神壇點香、膜拜、博筊。幾番請問之後，媽祖婆示意，是那路口沖犯風魔惡煞，必須塑立風獅爺鎮止煞氣，方能保出入平安。

那時各級學校正在推行「反迷信」運動，並大量印製「迷信害人知多少」的故事集系列，鼓勵師生廣泛閱讀與討論。

那些書中，多的是乩童、道士假藉神明旨意，對信眾行騙的事跡。也有迷信靈符爐丹的信徒，生了病不去就醫，而把香灰當成救命良藥，因而延誤病情，甚至敗身喪命，遺憾終生。

這運動一開始，智翔便有不祥的預感，深怕阿爸「師公」的身分會遭惹非議，成為眾矢之的。果不其然，每每在老師提到神棍、乩童四處騙財騙色時，同學們嫉惡如仇與幸災樂禍的目光全都聚焦在他身上。

邱明凱最是白目，有一次大聲的說：「老師，我們請王智翔發表他的看法，他每天耳濡目染，體驗最豐富了。好不好？」

老師沒有為難智翔，只是瞄他一眼，咳嗽兩聲。

他以前總是缺乏一夫當關的勇氣，絲毫不敢為阿爸辯駁。他暗自承認他是心虛，當同學們給他那麼大的壓力，他只能低著頭，隱忍歧視。然而這一次，都被人連名帶姓的點出來了，還有逃脫的餘地嗎？

於是，智翔站起來大聲抗議：「我阿爸不是騙子，他從不騙人，都是別人主動上門的。他也從來沒有定價碼，都是信徒自己包紅包的。」

「……」同學們先是一陣錯愕，緊接著爆笑不止。「哈——哈——」

王智翔紅了臉，默默的坐下。

如果有人力挺他，為他說句話，他不至於羞愧到那麼嚴重的地步。或許，有個人為他說句話，他還有勇氣挺起胸膛，力排眾議，甚至，找邱明凱理論，挽回尊嚴。

但是，從此，他不曾再為阿爸說過一句話。

「你也知道，我是不迷信的。我爸是我爸，我是我，當『師公』的人是他，又不是我。」他主動在人們面前數落阿爸的不是，用撇清關係來換取認同。「現在是科學時代，哪有什麼鬼神？」

那陣子，他的良心還游離在「大逆不道」與「割袍斷義」的天平兩端，不知如何取捨。

但漸漸的，為了表明自己的立場，在討論「迷信害人知多少」的課堂中，他毋須老師點名，率先主動發言，將神棍、乩童、師公……一干人等，加以批評一番，以博取同學的掌聲。到最後，他放棄內心掙扎，將所有的過錯歸向阿爸，好讓自己得以立足。

於是，他漸漸疏遠阿爸。

放學回家時，遠遠看到阿爸在店門口，他撇過頭，假裝不見。吃飯時，他在碗裡挾滿肉和菜，窩在電視機前，緊盯著螢幕。不小心與阿爸四目相接時，他只用受害者埋怨加害人的眼光與他瞬間交談。

阿爸很快就察覺不對勁，卻只是偶爾無辜的發牢騷：「啊！是怎樣？人家說小孩子到了青春期會變番，就是指這樣嗎？」

他阿爸個頭不高，理小平頭，心寬體胖，平日逢人都是笑咪咪的，而阿爸那樣說他時，也是帶著酒窩，並無怒氣。

有一天，阿母跑來問他：「你是怎麼了？對你阿爸有什麼不滿？」

「哪有？」

「怎麼沒有？」阿母不信。「你那雙眼睛有怨氣，一支嘴翹嘟嘟，看到你阿爸就裝屎臉，不要以為我看不出來。」

「沒啦！」

他難以啟齒，因為否定自己的父親，無疑是逆倫造反，可是放任父親危害人間，又是天理難容。

他矛盾不已，最終向母親大吼：「三百六十行，什麼不好做，偏偏要做『師公』，真是可惡！」

阿母錯愕：「你說什麼？你再說一次。」

「我說，別人都有正當的工作，為什麼阿爸偏偏要當『師公』，去騙人的錢。妳知道在學校別人都怎麼看我的嗎？我被人當成笑話在講，見笑死人了。」

「做『師公』有什麼不對？為人辦事，幫人解決問題，我看不出有什麼不對。」阿母說。「你沒看到厝邊隔壁，親戚朋友，大家都很尊重你阿爸，有什麼疑難雜症都來找他參詳。什麼『騙人的錢』？你阿爸難道掐著人家脖子，逼人家來找他辦事嗎？亂講！」

智翔哪聽得這些，早已握緊雙拳，淚流滿面，奪門而出。

來到海邊，面對遼闊的海天，他咒罵：「可惡啊！命運之神，你不該將我生在那個『邪惡之家』啊！害我幫阿爸背黑鍋，忍受不白之冤。」

隨即，他拍打自己的頭。唉唉苦叫：「唉喲！我真的是中毒太深了，居然會相信天地之間有『命運之神』。這迷信害人之深，真是無所不至啊！」

與至親日夜相處，卻視其為仇人，這種痛苦非筆墨足以形容，而輾轉反覆的苦楚，也非年輕的他所能承受。他抱著頭，不知如何是好。

他認為他不該同流合汙，不該助紂為虐，他既然改變不了阿爸，總可以離開吧！

「對！我應該離開，離開這個邪惡的家庭，但是……」

他想離家出走，可金門這彈丸之地，何處可離？

不久，石匠將鎮煞的風獅爺雕好了，運到叉路口安置。村民都興奮好奇，跑去觀看，路口擠滿人，唯獨智翔不為所動，冷冷的面對一切，彷彿憤世嫉俗的獨行俠。

一個北風呼呼的臘月天，阿爸作法為祂開光點眼。

阿爸備齊了寶劍、毛筆、白雞、硃砂、毛巾、水盆……等物品，要智翔幫忙拿到叉路口，他心中雖有百般不願，但礙於父親的權威，還是跟去了。

那一座嶄新的風獅爺，渾身被漆成深藍色，只有頭上綁一條大紅巾，鼻頭一圈血紅。祂手拿一個葫蘆瓶，高高的站立著，像獅、像虎、又像人。祂咧開嘴，露出一對大門牙和一雙虎牙，傻呼呼的笑著，像個可愛的小丑。然而在智翔眼中，那卻是四不像的怪獸，是迷惑人心的假偶，是愚弄百姓的幌子，那是謊言，是笑話，也是恥辱。

阿爸頭戴「師公帽」，身著道袍，手搖鈴鐺，熟練的揮舞驅邪寶劍，神情莊重肅穆。可看在智翔眼中，盡是裝神弄鬼，無一可取。

阿爸捧起水盆，念念有詞：「此水不是凡間水，乃是九天五龍精。化天天清，化地地靈，化人人長生……」

接著，抓起白雞，在雞冠上咬出一個見血的傷口，再拿毛筆沾染雞血。圍觀的群眾都興奮躁動，智翔卻是皺著眉頭，感到殘忍。阿爸說：「金雞原來出扶桑，為神點眼開靈通；寶劍揭取真精血，千年點眼萬年光……」

隨即揭開綁在風獅爺頭上的紅巾，阿爸又唱：「一枝斑管毛穎生，喝飲神砂點眼睛；明光照耀周法界，鑑察天地萬里程……」

阿爸左手搖鈴，右手拿硃砂筆，口中念咒語，面容嚴肅專注的在風獅爺頭、胸、腹、四肢點光。

村民們配合阿爸的口令，高聲呼喊：「發啊——發啊——」眾人燒香膜拜，祝禱聲響徹雲霄，人人神情專注虔誠，下跪頂禮。

智翔看著，忽然腦海中浮現出電影中的某些畫面：那是蠻荒部落舉行祭典，巫師激動的呼告不知名的神靈，群眾受到鼓舞，紛紛感動的朝營火拜下。那熊熊烈火燃燒了天空，也映照出人們急切期盼的臉龐，以及遭人鼓舞、利用、迷惑的無知……。

可憐啊！可憐啊！這些人。

他負氣，捧起地上那一盆水，毫不留情往風獅爺潑去，大聲嚷說：「這都是假的，都是假的，你們不要被騙了。那個人是一個騙子，你們不要上當了。」

忽然間，空氣凝結，眾人受驚，鴉雀無聲。

阿爸從震驚中清醒，一時怒不可遏，大聲斥責：「你在做什麼？你在做什麼？你發什麼神經？好好的『開光科儀』，竟然跑來作亂。跪下！給我跪下！求神明饒恕你。」

智翔握緊雙拳，不知所措。

「跪下！跪下！」阿爸又大聲喝令。

「不要，我不要。」

智翔看見人人的眼神都透著驚恐，彷彿將他視為妖魔附身，煞神沖犯。是啊！眾人皆醉他獨醒，全世界都瘋狂了，而獨獨未發瘋的他，反成了瘋子眼中的瘋子了。

他點數身旁的人，說：「你們都發瘋了。你，你，你，還有你，你們都發瘋了。」

智翔受不了這狂亂的世界，拔腿狂奔。

「回來！給我回來……」

阿爸在他身後呼喊，聲音卻越來越遠，越來越淡。

他在海邊徘徊，狂猛的東北季風吹起漫天風沙，捲起千百層浪，大杓鷸驚飛。那濤天浪擊似乎在捶打他的心，翻滾的長浪是心頭澎湃的思緒，他完全不知下一步該怎麼做。

他感受到一絲絲的自尊和成就，至少他鼓起勇氣，為真理公義發聲，可是，這下子跟阿爸扯破臉，卻惹上一個不肖的罪名，這該怎麼辦才好？

心結紛雜，莫衷一是，他甚至有股衝動，想將自己淹沒在驚濤駭浪中……。

夜裡，他忐忑不安的回到家。他發現大門沒關，屋裡一片漆黑。

鄰人阿添伯看見他，慌張說：「唉呀！你這夭壽子啊！你阿爸被你氣得中風，送進醫院，你慘了，你闖下大禍了。」

他心頭一驚，急忙衝到診所。

他看見阿爸昏睡在病床上，道袍未脫，臉上青筍筍，毫無生氣。

「阿翔來了，阿翔來了。趕緊，去叫你阿爸，叫他清醒過來。」不知是誰人說了這話。

他懊悔的跪在阿爸床前，阿母望著他，無聲的落淚。

「阿翔啊！你這夭壽死囝仔，看你做的好事啊！」

「你阿爸人這麼好，怎麼生出你這個孽子？真是家門不幸啊！」

「這下你高興了吧！少年人要叛逆也該有分寸，現在鬧成這樣，你阿爸若沒死，也要去掉半條命了。」

親友的責難如砲彈般落在他肩上，他的頭低低的埋在大腿上，腦中一片空白。

隔天，阿爸仍然昏迷不醒，阿母跑回家，跪在媽祖婆面前不斷的祈求。他內心充滿徬徨與恐懼，深怕阿爸死去，怕阿爸半身不遂，而他這罪大惡極的逆倫惡魔該如何抵罪？他不知如何是好，慌亂中，只能跪在阿母身邊，陪她落淚。

風獅爺……啊！風獅爺！

剎那間這念頭在他腦中閃現。

「風獅爺是阿爸給祂開光點眼的，祂該會感念阿爸的恩情吧！」他想。

「如果是我觸犯風獅爺，因而連累阿爸，那麼就請風獅爺降罪到我身上吧！」他這樣想著。

於是，他跑到叉路口，在風獅爺面前長跪不起，殷殷懇求。

「風獅爺！求求祢，一切都是我的錯，請祢降罪給我，不要連累到我阿爸。可不可以，讓我少活幾年，來幫我阿爸添歲數？可不可以求祢，保佑我阿爸趕快好起來？求求祢，求求祢，拜託！拜託！」

他一拜再拜，求了復求。

迷茫慌亂的他，宛如漂盪茫茫大海，攬截住一根小小的浮木。朦朧中，他在黑暗的隧道裡，看見一點如星光般的亮點……。不知過了多久，他在懺悔呼告中疲累睡去。

所幸，阿爸昏迷三天之後醒過來，並且漸漸恢復正常，真是不幸中的大幸。

醫生對他說：「好佳在，你阿爸爆開的血管不是主要動脈，要不然就要直接去蘇州賣鴨蛋了。目前雖然沒有生命危險，但還是得小心，不能再受刺激了。」

他好開心，好欣慰，阿爸脫離危險，而且復原有望。他也宛如被赦免重罪，重獲自由。

他彷彿從惡夢中轉醒，才驚覺做了以前自己最不恥的事情——求神拜佛。他深自悔恨慚愧，為了以前的自以為是。

經過幾個月的休養、治療與復健，阿爸左手麻痺的症狀逐漸消失，左腿無力的情況也大大改善，行動漸趨輕鬆自在。

阿爸痊癒之後，並沒有怪罪他，只當他是一時沖犯風魔惡煞，失去理智，還怪罪自己道行不夠，無力降魔。

這件事在校園中傳開，同學都知道他「大義滅親」的「功績」。

邱明凱對他舉起大拇指，說：「真有你的，換做是我，我才不敢。」

老師在「迷信害人知多少」的課堂中，也舉這個當例子，讚許智翔的勇氣。但老師連忙又說：「雖然王智翔勇於破除迷信，但是對自己的爸爸，還是不要用忤逆的態度才好。發現父母有不對的地方，我們應該好言勸諫，不要大聲斥責，這樣才符合孝道……」

然而，智翔卻與以往完全不同了。他沒有絲毫驕矜之氣，也無喜悅之情，他靜靜的聽，微微的笑，對於「反迷信」的課程不再發言表態，對於同學追問過程的細節，也緘默不語。

他知道在這氛圍中，他很難與人真誠分享體驗。他當然痛恨神棍，他仍然反對迷信，但是他不再大聲，因為他瞭解到信仰的重要，也領悟到人心脆弱，需要宗教扶持的一面。他不就是那樣度過倉皇失措，最狂亂無助的時刻嗎？

阿爸仍然兼職「師公」，而他在出社會之後，進入陶瓷廠工作。

幾年前，朋友邀他一同成立工作室，創作風獅爺吉祥飾品，作為遊客參訪金門的紀念品。由於他有陶瓷廠捏塑陶瓷的經驗，一口便答應了。

現在，風獅爺仍是村里的守護神，並且在金門開放觀光之後，成為遊客最喜愛的觀光景點。而他製作的風獅爺印章、吊飾、項鍊和擺飾，也因此成了熱門的搶手貨。

阿爸常常會來工作室逛逛，提供一些意見。

「這眼睛要瞪大一眼才夠威嚴，嘴巴要闊一點，才能吃風……」

阿爸的建議他都一一照辦，因為比起他自己，阿爸更是風獅爺的專家。

記得開幕那一天，阿爸來店裡，主動向客人介紹起風獅爺的典故：「人家說金門保護台灣，而風獅爺保護金門。最早，金門的樹木被鄭成功砍去建造海船，沒有大樹擋風，風沙淹沒田地房屋，因此人們就立風獅爺來鎮風。後來只要是有沖煞的地方……」

說了半天，阿爸看看四周，忽然皺著眉頭問智翔：「咦！奇怪，為什麼你店裡面這種站起來的，藍色的風獅爺最多？」

阿爸望著他，眼神流露稚氣，而他卻是尷尬一笑，無力作答。

——選自《紅龜粿與風獅爺：鄭宗弦精選集》二〇一〇年七月初版，頁一五六——一七四

賞析

表面上看，這是一篇關於少年啟蒙的故事。主角反對迷信，偏偏自己父親是個師公，最後由於父親中風，他不得不把希望寄託在風獅爺身上，也從此「愛上風獅爺」。

然而我們應知道，信仰與迷信不同，主角一開始是把兩者混為一談，才會衍生出這些風波。因此本篇就不只是主角的啟蒙故事，它也同時探討了信仰的意義。所有信仰或宗教，都或多或少有神祕色彩。信仰當然不等於迷信，但兩者的界線很難拿捏。

風獅爺信仰是金門的地方特色，小說也順道描寫了金門的風土，而對於師公這個行業，小說中也頗有著墨，這都是本篇值得欣賞之處，它不僅僅是個啟蒙故事而已。

作者簡介

鄭宗弦（一九六九——）

曾連續四屆榮獲九歌現代兒童文學獎，還曾獲得教育部文藝創作獎、小太陽獎、好書大家讀

年度最佳兒童讀物獎等，數十個文學獎項。

作品涵蓋少兒小說、童話、散文和繪本，著有：《媽祖回娘家》、《第一百面金牌》、《台灣炒飯王》、《姑姑家的夏令營》、《又見寒煙壺》、《雨男孩．雪女孩》、《豬頭小偵探系列》、《穿越故宮大冒險系列》、《來自星星的小偵探系列》等八十多本書。

他的作品取材多元，無論寫實或奇幻，都期盼大家讀了之後能愛護環境，珍惜與家人朋友相處的時光。

九歌文庫1282

九歌兒童文學讀本

主編　徐錦成
執行編輯　鍾欣純
創辦人　蔡文甫
發行人　蔡澤玉
出版發行　九歌出版社有限公司
臺北市八德路3段12巷57弄40號
電話／25776564傳真／25789205
郵政劃撥／0112295-1
九歌文學網　www.chiuko.com.tw
印刷　晨捷印製股份有限公司
法律顧問　龍躍天律師·蕭雄淋律師·董安丹律師
初版　2018年4月
初版 3 印　2022年10月
定價　320元

書號　F1282
ISBN　978-986-450-183-0
（缺頁、破損或裝訂錯誤，請寄回本公司更換）

國家圖書館出版品預行編目（CIP）資料

九歌兒童文學讀本 / 徐錦成主編. -- 初版. -- 臺
北市 : 九歌, 2018.04
面 ; 公分. -- （九歌文庫 ; 1282）

ISBN 978-986-450-183-0（平裝）

859.3 107003575